story by sun sun sun
illustration by momoco
燦燦SUN
插畫 ももこ

聲地以俄語遮羞的鄰座艾莉同學 7

Иногда Аля внезапно кокетничает по-русски

Kadokawa Fantastic Novels

Иногда Аля внезапно кокетничает по-русски

序章　這是……

「那麼，請自便～～」

開衩大姊大這麼說之後，露出別有含意的笑容走出這間手工藝社社辦。此時太陽也完全西沉，照亮室內的只有從操場射入的燈光。依稀聽得到的只有從操場隱約傳來的學生們聲音。

「那個……真的不去操場嗎？」

「……那當然吧。聽到那種話，我怎麼可能敢去？絕對會受到奇怪的誤解。」

「哎，嗯……」

不必聽也知道是什麼樣的誤解。開衩大姊大剛才說明了關於政近與艾莉莎的傳聞。要是這兩名當事人穿著這麼精心挑選的服裝登場，確實會有許多學生認為「他們兩人有一腿」吧。如果這樣還堅稱「沒在交往」，大家反倒可能會說「咦，騙人的吧？」正色以對。

「而且……雖然這套禮服確實很漂亮，但是如果要在公眾場合露面，這種設計就有點……」

艾莉莎視線朝下含糊這麼說。沿著她的視線看去，雄偉的雙峰映入眼簾，政近立刻看向斜上方。

（不，嗯，妳說的沒錯。真的沒錯。）

政近不方便說出口，只在內心同意。

樂團服裝也是，以艾莉莎的作風來說，胸口設計得相當大膽，然而這套禮服更勝一籌。坦白說，上半球露出一大半。事業線真是了得。

（嗯，就是那個。漫畫裡的性感大姊姊角色偶爾會從乳溝拿出手機的那個動作，感覺她應該做得到。）

政近情急之下想要以阿宅的思考模式逃避，但是腦中想像的大姊姊角色立刻替換為現在的艾莉莎，他迅速搖了搖頭。

（而且說起來！胸口露成那樣，一般來說都看得見內衣吧！既然看不見就代表內衣也是這種形狀或是……難，難道根本沒穿——）

政近不由得想再度確認，連忙拍打自己臉頰硬是向前看，腦海隨即浮現開衩大姊大「這套衣服是我做的」的驕傲表情，他用力咬緊牙關。

（喂，拖鞋姊——！穿這種服裝哪能走到同學們面前啊啊啊——！誰叫妳做到這種程度了？成品真是太美妙了非常感謝！）

像是亂發脾氣般在腦中大喊之後，艾莉莎以冰冷視線瞪過來。

「這是你的興趣？」

「不，這八成是拖鞋姊的興趣，應該說是業障。」

「是喔……」

政近為了避免誤會而立刻回答，卻清楚感覺得到艾莉莎的懷疑視線刺向臉頰。不過這時候操場方向開始傳來音樂，兩人很有默契地看向該處，然後同樣很有默契地轉頭相視。

「！」

四目相對，重新意識到艾莉莎如夢似幻的美麗樣貌，心臟跳得好用力。在陰暗中依然白如初雪的肌膚，只有少許光線依然閃閃發亮的碧藍眼眸，宛如精靈的那套禮服凸顯她過於標緻甚至缺乏真實感的美麗容貌，艾莉莎細到像是會折斷的柳腰，也助長她嬌柔夢幻的印象……另一方面，破壞力強烈得足以摧毀這份印象的那對——

「唔嗯！」

政近清了清喉嚨屏除邪念，努力避免慌張的心情寫在臉上，同時靜靜地朝艾莉莎伸出左手。

「那個，那麼重新來過……來跳舞吧？」

「……好啊？」

艾莉莎將右手放在政近手上，兩人面對面看著彼此。政近另一隻手繞到艾莉莎背部之後，覺得心情順利平穩下來。政近維持著感受得到呼吸的距離，注視艾莉莎的臉龐，配合她的呼吸踏出舞步。

「……今年妳很安分耶？」

政近回想起去年後夜祭看見她的剽悍模樣，惡作劇地這麼問，艾莉莎隨即稍微皺眉。

「穿著借來的禮服不能亂來吧？還是說，你想要跳得激烈一點？」

「哈哈，那樣很耗神，所以今天饒了我吧。」

「……是喔。」

兩人相互接近，只注視著彼此，懷著平穩的心情踩踏舞步。此時，隨著一份強烈的懷念感，政近的兒時記憶被刺激了。

（這種感覺……不禁令我回想起以前上的國標舞課了。記得當時的練習對象是綾乃？）

突然間，艾莉莎迅速踏向政近將身體貼過來，政近連忙後退。然而不知為何沒能拉開距離。兩人的距離近到隨時可能踩到彼此的腳。

「艾莉小姐？總覺得是不是太近了？」

「會嗎？是你多心吧？」

「不，超近的！」

艾莉莎在對話的時候再度向前踏，政近連忙閃避。已經連舞蹈都稱不上了。總之政近光是避免踢到艾莉莎的腳，光是避免摔倒就沒有餘力。

（明明覺得，妳比去年，安分多了啊？）

全神貫注拚命踩穩的腳步，被用力貼上來的柔軟觸感妨礙。

（唔喔喔喔，我可是比去年安分多了！）

貼在胸膛，比去年更增加存在感的觸感擾亂意識，但是政近絕對不讓視線下移。因為他知道視線一旦下移，就會被深邃神祕的幽谷吸入。

（呼，我可不會中了拖鞋姊的陷阱——危險！）

政近掛著絲毫無法冷靜的表情，手忙腳亂地笨拙移動雙腳。無情將他逼入絕境的艾莉莎露出虐待狂般的笑容。

（呵呵，哎呀哎呀你直到剛才的從容去了哪裡呢？）

感覺政近在跳舞的時候似乎在想別的女人，艾莉莎懷著責備的意思試著將身體貼上去，得到出乎預料的反應。吃驚的政近在瞬間差點將視線朝下卻連忙移回來，艾莉莎見狀逐漸冒出惡作劇的心態。

（沒錯，我都穿上這麼大膽的禮服陪你跳舞了……所以你現在眼裡只能有我！）

為了避免政近逃離，艾莉莎以雙手穩穩將他的身體拉過來再向前踏，政近隨即以驚人的反應速度回應。

「呵呵！」

迴避艾莉莎接近的腳，以及溫柔扶住艾莉莎背部的右手，都明顯感覺得到政近的貼心，引得艾莉莎一笑。

艾莉莎再怎麼亂來，政近肯定都會接納承受。艾莉莎對此感到無比的喜悅，並且繼續捉弄政近。

（啊啊，好快樂……多看我一眼，只看我一人。當我專屬的搭檔吧。為了達成這個心願，我——）

相握的手好熱。近距離感覺到的政近體溫，使得心跳無止境地加速。如同被面前政近的雙眼吸入意識，艾莉莎下意識地將臉湊過去——

「唔，哇，喔！」

「咦，呀啊！」

此時政近終於失去平衡，踉蹌一屁股跌坐在地，背部撞上牆壁。艾莉莎也跟著向前摔倒——被政近雙手緊抱在懷裡。

「好痛……艾莉，沒事嗎？」

政近之所以摔倒，無論怎麼想都是艾莉莎害的，政近卻依然完全沒責備，關心艾莉莎的安危。他的這份溫柔，這雙投過來的擔心視線，使得艾莉莎內心充滿喜悅。

其實必須道歉才行。明知如此，臉上的笑容卻洋溢得不知如何是好。好快樂，好開心……不希望面前的少年面容哀愁，所以艾莉莎轉為小惡魔的笑容。

「怎麼了？你這麼……」

艾莉莎揚起視線注視政近的臉，右手食指插入胸部中央，拉起禮服的領口，然後像是主動露出乳溝般熱情呢喃。

「在意『這個』嗎？」

「慢著，妳，為什——？」

冷靜與紳士風範都完全拋到九霄雲外，政近明顯驚慌失措。感覺他的視線確實注視著自己的胸口，艾莉莎頓時全身火熱。

「呵，呵呵，你這個色狼。變態～～」

艾莉莎被隨時都想放聲大喊的害羞心情折磨著身體，像是消遣般責備政近，然後像是逃離政近的視線般，再度依偎在他的懷抱。將耳朵抵在結實又令人感到安心的胸膛，艾莉莎感覺到和自己一樣的激烈心跳聲。

（撲通撲通跳得好用力……呵呵，真的好色。）

即使如此也不抗拒。如果是他，即使被摸或是被看都不會抗拒。

這是什麼情感呢？明明害羞到隨時都想放聲大喊，內心卻充滿喜悅。這份情感，以前曾經在某處——

「呃，喂，艾莉？喂～～」

政近的聲音充滿困惑。連這個聲音也引起笑意，艾莉莎搖晃肩膀。

「不，為什麼會被戳到笑點？沒受傷的話，差不多希望妳可以離開我了吧？」

「哎呀，不滿意被我抱住嗎？」

「說，說什麼抱住——」

政近盡顯慌張而語塞，艾莉莎愉快笑著閉上雙眼。

（這只是在捉弄他。只是如此而已……）

在內心如此呢喃的艾莉莎倚靠在政近身上。看著這張置以全盤信賴的笑容，政近也像是認命般放鬆身體的力氣。

就這樣，直到操場不再傳來音樂，兩人一直靜靜地相互依偎。

Иногда Аля внезапно кокетничает по-русски

第1話 重逢

秋嶺祭結束，征嶺學園補假兩天之後回復為正常上課。但學生們似乎大多完全無法專心上課，像是想和朋友或同學分享心得般心神不寧。其中甚至看得見部分學生忍不住悄悄使用手機聊天。

占據他們大部分注意力的，是在體育館進行全校朝會時發生的一個事件。或者應該形容為公開道歉。

『非常抱歉。』

在台上這麼說並且向全校學生下跪磕頭的人，是在校內萬人迷指數排名前三的男生——桐生院雄翔。他是大企業的公子哥兒，因為卓越的鋼琴造詣以及俊俏的臉孔而被譽為「鋼琴王子」，也擁有相應的高度自尊心而為人所知。這樣的他做出這種行動，對於全校學生造成震撼，令許多女學生發出哀號。不對，不如說最震撼的應該是——下跪磕頭的雄翔頭部亮得眩目。

總是完美梳理到討人厭的程度，令女學生們嬌媚贊嘆的那頭迷人秀髮，如今從頭上消失得乾乾淨淨。而且大概是剃頭的人技術不好，各處都貼著ＯＫ繃，看起來相當令人痛心或者說滑稽……坦白說就是非常好笑。只有臉孔依然唯美無比所以更顯趣味。老實說，統也親口說明的來龍去脈，大家聽不太進去。

即使如此，隨著眾人逐漸理解，主要以因為那場騷動而受害的學生為中心，憤怒的聲浪開始湧現——的這個時候，和雄翔一起站在台上的董突然宣稱要負起「連帶責任」取出剪刀，正要剪斷她引以為傲的縱捲髮時再度引起眾人哀號，數名女子劍道社的社員衝上台要阻止董，如同前幾天那場劍劇的戰鬥開始上演……然後所有人在茅咲大聲怒斥之後正坐，只像是搞笑短劇的這場騷動就此落幕。

總之，全校學生陷入不知道該笑還是該氣的奇妙狀態時，校長親口向雄翔下達「停學一個月」的處分，全校朝會結束。然後現在全校學生都在聊這個話題。其中被認為是摧毀雄翔陰謀當事人的政近，理所當然般受到注目。

「喂，久世！今天早上的那個，果然是因為校慶那時候的鋼琴對決嗎？」

「你在鋼琴比賽贏了鋼琴王子是真的嗎？」

「你怎麼知道那場騷動的犯人是桐生院同學？」

第一節課上完的瞬間，班上同學蜂擁而至，政近臉部肌肉僵到不行。即使如此，要是這時候說明不周導致奇怪的謠言或臆測傳開就麻煩了，所以政近在儘可能的範圍內回答問題。

「說到我為什麼知道桐生院是犯人，如果那場騷動企圖害得現任學生會失勢，犯人應該是可能出馬競選下任會長的傢伙吧？但也可能是和前任正副會長結下梁子的人……無論如何，既然引起那麼大的騷動，我認為犯人應該會試著接觸來光會說明原由，所以監視有沒有人接近來光會……然後就逮到他了。」

「是喔～～！所以是怎麼逼他進行討論會的？」

「這個嘛，總之是祕密。」

「咦咦～～！說明一下啦，不然我超在意的！」

「沒錯！這反倒是我們最想知道的！」

班上同學積極逼問，但是某些事連政近都不能說……應該是不想說，所以政近掛著苦笑說出效果絕佳的話語。

「拜託饒了我吧。既然和來光會有關，有些事情是不能說的。」

聽到這段話，周圍探出上半身的同學們同時露出「唔」的表情。

「啊啊，是這麼一回事嗎……」

「聽你這麼說就……」

他們都露出無法言喻的表情是有原因的。因為關於秋嶺祭發生的那場騷動，造訪秋嶺祭的來光會成員在事發當天就下了封口令。

然而即使如此還是沒能阻止事情傳出去，以外部訪客為中心的數人，將騷動時的影片或照片上傳到社群網站……不過這些貼文不到一分鐘就被刪除，而且是連同帳號刪除。然後在媒體上則是一反騷動的規模，僅僅簡單扼要地播報「秋嶺祭有可疑人物入侵並遭到警衛逮捕」。就像是入侵之後立刻被抓的這則平淡新聞，並沒有特別吸引人們的關心就被忽視……就算征嶺學園的學生知道來光會是何種組織，對此也只能正色表示：

「呃，真恐怖。」

順帶一提，警方也沒有特別出動……不過被帶進風紀委員室的入侵者們，全都是不知不覺就消失無蹤。他們到底去了哪裡又遭遇什麼下場，別知道恐怕比較好吧。

「在幕後操縱整個國家的祕密組織，是古今中外都有的陰謀論……但我開始覺得來光會就是這種組織了。」

「不，那裡並不是祕密組織……不過真的聚集了各個領域的掌權者。這次我實際體認到了這一點。」

「反倒該說桐生院居然只要休學一個月就能了事。」

「這部分的話，總之他也是為了選戰才這麼做……算是大赦吧？」

班上同學們懷著敬畏的心情討論。政近以無言的苦笑回應，同時朝著教室後方一瞥……發現那裡也聚集了一群人。

「那場演唱會真的很精彩！我說啊，有錄音檔之類嗎？別班的人也想要。」

「錄……錄音檔？啊啊～～這我沒想到……」

「有錄下來當成練習用的……但是沒有在錄音室好好錄製的成品。」

「「「咦咦～～？」」」

暴露在不滿的聲浪之中，毅與光瑠露出有點為難卻驕傲的表情。

「九条同學，雖然這麼晚才說……不過發生鞭炮騷動的那時候，謝謝妳開口安撫大家。我當時也差點陷入恐慌，但是妳好可靠。」

「是嗎？這樣的話……太好了。」

「九条同學的精靈扮裝，我好想再看一次……」

「那，那是……只在那個時候限定的……」

「咦～～太可惜了。」

「樂團服裝也超帥氣的對吧！不過當時我站得很遠……那套衣服在哪裡買的？」

「那是乃乃亞同學一手策劃的，所以我也不太清楚……」

在憧憬與親切情感交錯的視線中，艾莉莎掛著有點尷尬的笑容。

眺望這幅光景時，第二節課的老師進入教室，群聚的學生們不情不願各自回座。同時艾莉莎也回到座位。

「辛苦了。」

政近朝著艾莉莎露出略顯疲憊的笑容，艾莉莎像是有點慌張般游移視線點頭。

「……你也是。」

艾莉莎只輕聲這麼說完就坐下來面向前方，政近稍微苦笑。

（啊啊……看來她還沒放下後夜祭的那件事。哎，畢竟校慶的時候心情很亢奮，所以就變得相當……那樣了。）

思考到這裡，政近也差點想起當時的光景，連忙搖了搖頭，想藉以甩掉雜念準備上課……然而在上課的時候，周圍的注意力還是集中過來，也令他覺得不太自在。

（唔～～透過校慶打響我們兩人的知名度是好事……不過這比想像的情況還要累人……）

如果只考慮選戰，現在的狀況堪稱是稱心如意了。原本勸艾莉莎加入樂團的主要原因，就是要改革她的形象並且強化社交性。實際上經過校慶之後，周圍投向艾莉莎的視線變了。以前只能被人遠遠眺望的孤傲存在，如今被想要盡可能接近的眾人環繞。而且艾莉莎對此即使略感困惑，也依然擺出樂於回應的態度。

（只看結果的話非常成功……不過連我都受到注目是一大失算。）

甚至覺得現在反倒是政近造成更多的話題。這絕對沒有負面的意思，而且在選戰是好事……但是果然感覺靜不下心。

（哎，應該只是在今早的朝會暫時引起話題吧。只要我剛才的說明傳出去，風波肯定也會平息……）

像這樣沒把事情想得太嚴重是錯的。

「欸，聽說扔向九条同學的鞭炮被你用飛踢踢掉，真的嗎？」

「久世同學鋼琴彈得非常好耶。是在哪裡學過嗎？」

「闖入校慶的那些傢伙，你知道結果是什麼下場嗎？」

「不提這個，我想聽猜謎對決那時候的事！」

每到下課時間就蜂擁而至的人，人，人。周圍給予的羨慕與稱讚。多虧這樣，明明是下課時間卻完全無法放鬆，終於進入午休時間的時候……

「啊啊啊啊啊～～」

政近在沒有其他人的學生會室徹底陣亡了。

「嗚～～～～唔～～～～」

政近趴在沙發上扭動身體，發出模糊的怪聲。現在的他走到哪裡都很丟臉，完全是危險人物。

趁著室內只有自己一人，政近盡情扭動發洩，忽然完全停止動作輕聲開口。

「……高調過頭了。」

脫口而出的是充滿後悔與羞恥的這句話。

自己在秋嶺祭的行動，被旁人說得像是什麼英勇事蹟。對於政近來說，這一切已經有一半化為黑歷史。以心情來說是「不要看，不要傳開，拜託別管我了」的感覺。

（在舞台上飛踢迎擊鞭炮。朝著不良少年的臉上揮拳。再加上……）

和雄翔的那些對話在腦海清晰重現。就像是被雄翔裝模作樣的態度引誘，老神在在以煞氣眼神挑釁，展現強角氣勢的自己——

「喔噗！」

羞恥心瞬間爆發，政近腰部用力彈跳，然後就這麼劇烈扭動身體備受煎熬。

（嗚，咕，喔喔喔喔喔……要死了。真的要死了啊啊啊……）

說到不幸中的大幸，就是除了在操場與講堂兩座舞台上發生的事件，其他事件的目擊者都很少。

對雄翔表現的超丟臉強角氣勢，除了雄翔以外沒人知道。政近不認為雄翔會告訴別人，所以那段對話雖然是個人排名第一的黑歷史，但應該再也不會有人知道吧。

以正拳KO不良少年的事件有不少目擊者，不過大概是後來乃乃亞的朋友們進行的蹂躪劇造成更大的震撼，所以這件事似乎沒特別傳開。關於政近的傳聞主要是飛踢鞭炮以及鋼琴對決的事件。政近個人對於這兩件事也沒什麼好害羞的……不過只要有人聊到這個話題，他無論如何都會聯想到自己在那些事件前後的強角言行。

（不，我知道哦？沒有任何人覺得慘不忍睹，而且根本沒人知道這麼多。雖然知道可是嗚啊啊啊啊～～～咿嘰嘰嘰嘰……）

如果同時發生好事與壞事，政近是會用壞事塗抹當時印象的那種人。以前也是，和小瑪的那段回憶，他只擷取其中的悲傷離別，當成不好的記憶處理。在這次他也面臨一模一樣的事態。

（嗚咕……這麼想就覺得，當時對白鳥做的那些事，甚至連當時給艾莉的那個驚喜都慘不忍睹了。）

一度陷入這種想法，就完全成為惡性循環。腦海浮現奈央哭泣的臉蛋，接著是艾莉莎小惡魔般的笑容與迷人的深溝——

「噗波！」

非常不檢點的記憶復甦，政近腰部再度用力彈跳。即使如此，大腦也違反政近的意志，自動循環播放那段強烈刻在腦海的記憶。

當時將艾莉莎緊抱在懷裡，那身體的柔軟觸感，以及差點被勾魂的蠱惑笑容，與眼前波濤洶湧的——

「唔嗚！」

政近將額頭撞向沙發，強制讓大腦變得空白。然而即使這麼做，當時深深刻在五感的記憶也遲遲沒消失。

（沒有啦因為艾莉超漂亮又好香，胸部還用力貼過來！但是原本面有難色的她不知為何心情變得超好害得想入非非的我羞得難以自容可是奶子超棒的她整個人還靠在我身上而且雖然艾莉好像沒發現但她拉衣服的時候不小心露出唔喔喔喔喔！）

就這樣基於和剛才不同的意義扭動一陣子之後，政近在腦中呢喃。

（唉……在那個狀況還能保持理性，真希望有人誇獎我幾句……）

『我來誇獎你吧？』

（笨惡魔給我滾！）

小惡魔有希在腦中探出頭來，政近間不容髮一巴掌拍掉。惡魔隨即化為煙霧消失，然後煙霧立刻聚集並且復活。

『惡魔不會死喔～～♪』

（煩死了……）

哈哈大笑離開的惡魔令政近感到煩躁，深深嘆口氣之後放鬆力氣。

雖然靠著震撼的記憶好不容易脫離惡性循環，不過就算這麼說，狀況也完全沒變。只要走出這裡，應該會再度承受沿途學生們充滿好奇心的視線吧。想到這裡，心情就再度變得消沉。

（啊啊……我現在重新明白了。說起來，我很害怕受到注目。）

雖然早就隱約察覺，不過國中時代擔任「陰之副會長」的根本原因就在這裡吧。因為認定自己不是什麼好東西，所以被注目的話會覺得本性被看穿而難以自容。正因如此才會在背地裡暗中四處奔走，避免站到台前引人注目……

（不過既然發誓要在艾莉身旁扶持，這種事也必須習慣才行……）

在這次的選戰，政近自己也下定決心站到台前。因為不同於原本就充分具備學生會長資質的有希，艾莉莎需要有人在旁邊扶持……

——真的是這樣嗎？

疑問的聲音介入自己的思緒。最近艾莉莎展現顯著成長的各種英姿在腦海浮現。

在猜謎對決展現獨自對抗的傲然模樣。身為樂團團長受到同伴認同的模樣。為了平息鞭炮騷動，在舞台上發揮領袖氣質的模樣。以及……剛才面對蜂擁而至的人群，露出生硬笑容應對的模樣。

回想起這些光景，某個預感在政近內心膨脹。在校慶時也直覺感受過這件事。也就是——

（艾莉再也不需要我的那一天，或許比我想像的還要近……）

至少或許已經不像以前那樣，動不動就必須在她的身旁輔助。艾莉莎的成長速度超乎政近的想像。反倒是因為自己過度保護，才害得艾莉莎難以拓展人際關係吧——

「慢著，給自己一個藉口之後怠忽職守，這種做法只能算是人渣吧？」

發出聲音如此告誡自己之後，政近順勢用力起身，重新深深坐在沙發看向房內的時鐘，午休時間也即將過半了。

「啊～～」

今天沒帶便當來學校，所以要吃午餐的話必須去學校餐廳或是福利社。不過想到又會被人群包圍的可能性，無論如何都不想起身。

（……反正沒有很餓，不吃午餐也沒關係嗎……無論如何，現在去買的話，時間應該也很緊湊吧。）

像這樣一邊發呆一邊思考時，學生會室的門突然發出聲音開啟。政近並沒有特別嚇到，漫不經心地看向入口……和開門的瑪利亞四目相對。瑪利亞頓時揚起嘴角露出燦爛的笑容。

（唔哇～～好迷人的笑容。）

政近不由得瞇細雙眼之後，瑪利亞快步走過來將手上的文件放在桌上，以充滿慈愛的雙眼俯視坐在沙發上的政近。

「煩惱的阿薩就是你嗎？」

「妳是真實存在的聖母嗎？」

瑪利亞不知為何說起修女會說的話，政近以讀稿語氣吐槽之後，瑪利亞坐到他的身旁，默默張開雙手。這一剎那，鮮明的記憶（母性的暴力）在政近腦海甦醒。

「……不，就算妳擺出這種姿勢，我也不會過去，也不會讓妳過來啊？」

政近展露戒心，將雙手舉到胸前牽制瑪利亞……不過瑪利亞卻對他的反應悵惘地垂下眉角。

「……你不願意和我親臉頰嗎？」

「咦？啊，啊啊，親臉頰嗎……親臉頰啊。」

被瑪利亞的悲哀表情刺激罪惡感，同時因為奇怪的誤解而覺得羞恥，使得政近露出尷尬表情放下雙手。愧疚到不敢直視瑪利亞的臉，因而移開視線——的瞬間，瑪利亞行動了。

「咦？」

脖子與腦袋被手臂輕盈環繞……剛這麼想就被用力往前拉，眼前是瑪利亞制服胸前的蝴蝶結。

「？？」

「好乖好乖，發生了什麼事？」

溫柔發問的聲音從頭上降落，但是政近沒有回答的餘力。

（不是說要親臉頰嗎？明明說好是親臉頰啊！大騙子！）

政近在腦中抗議，卻沒能說出口。因為鼻子以下全部埋在柔軟的物體裡。別說發出聲音，連呼吸都做不到。不，並不是在物理層面無法呼吸，但是在心理層面做不到。

因為在這種狀況，要是以鼻子吸氣會像是在聞味道，感覺很變態。吐氣也是，在超近距離以鼻子朝著女性激烈吐氣完全是變態。那麼用嘴巴呼吸的話……就某方面來說像是在吸吮，果然也是變態。總歸來說……

（在這種狀況是要怎麼呼吸才對……？皮膚呼吸嗎？用皮膚呼吸就好嗎？）

就是這麼回事。

政近輕拍瑪利亞的肩膀要傳達這個危機狀況，卻沒有放鬆束縛的徵兆。在這麼做的時候，大腦逐漸缺氧——

（我明明啪啪啪地拍了這麼多下……說得也是，因為瑪夏小姐的胸部也是啪啪啪的，啊啊原來如此，這就是和死亡相鄰的幸福感——）

意識就這麼靜靜地逐漸遠離——

「好，那麼接下來是這根炸春捲。啊～～」

「啊～～……嗯。」

「好吃嗎？」

「……好吃。」

回過神來，政近正在被瑪利亞餵食便當。而且是「啊～～」的餵法。

「為什麼？」

「咦？」

「奇怪？嗯？為什麼變成這樣？」

「問我為什麼……因為你好像餓了，所以我說『那就分便當給你吃吧』～～這樣。因為筷子只有這一雙，所以我說『那就餵你吃吧』這樣。」

「……我有答應嗎？」

「你確實有點頭啊？」

「真的假的……」

相當難以置信。然而實際上，政近直到剛才都毫無抵抗地被瑪利亞「啊～～」。而且仔細看就發現瑪利亞的便當盒已經空了一半左右。

（這是……怎麼回事？記憶少了一段……難道是瑪夏小姐滿溢而出的媽咪力讓我暫時退化成幼兒？母性的暴力好恐怖！）

即使在感到戰慄的這段期間……

「來，啊～～」

只要筷子伸過來，嘴巴就會擅自張開，細嚼慢嚥吞下肚。

「好吃嗎？」

「好吃。」

被訓練得十分完美。

「不對啦！」

「呀啊，怎麼了？」

「我也不知道自己怎麼了……」

看見政近垂頭喪氣，瑪利亞眨眼數次之後露出知曉一切的表情點頭。

「這是哲學吧。」

「是驚愕。」

「我們學校確實是男女合校……」（註：日文「驚愕」音同「合校」。）

「不是這兩個字。」

「……日語好難耶。」

「也不是語言學的問題……」

「來，啊～」

「妳是不是懶得思考了？」

即使稍微賞個白眼吐槽，瑪利亞也不以為意地繼續將筷子伸過來。政近細嚼慢嚥吞下肚。

「好吃嗎？」

「好吃……不過，那個，我吃夠了。」

「咦～為什麼？你是男生，要多吃一點才行。」

「不，這樣就沒有瑪夏小姐的份了吧？」

「唔唔～？沒關係的。因為光是現在這樣，我就幸福滿滿肚子飽飽了。」

瑪利亞正如自己所說露出純真的笑容，政近不由得迅速別過頭。

（居，居然說得出這麼害臊的話……）

全身發癢的感覺使得政近縮起肩膀摩擦手臂。此時筷子繼續伸到嘴邊。

「來，啊～」

「不，真的已經吃夠了……我基於另一種意義也是肚子飽飽了。」

「咦咦～～？是嗎～～？總覺得你是不是在客氣？」

「不，完全沒有。感謝招待。剩下的請瑪夏小姐自己吃吧。」

在伸過來的筷子前方豎起手掌堅拒之後，瑪利亞露出有點不滿的表情收回筷子，然後像是忽然想到什麼般眨了眨眼，露出甜美笑容將便當盒遞給政近。

「那麼，再來由你餵我吃當成回禮吧？」

「啊？」

「當成吃飯的回禮，再來由你『啊～～』餵我吃吧？」

瑪利亞說著將便當盒與筷子放在政近大腿，然後朝著政近彎下上半身，閉上眼睛稍微張嘴。

「來，啊～～」

「唔，咦？真，真的？」

「啊～～」

瑪利亞毫不在意為難的政近，一直維持這個等待的姿勢。

（不，像這樣相互「啊～～」很像是笨蛋情侶……而且在這個時間點就完全是在間接接吻吧？）

如此心想的政近近距離看著瑪利亞閉上眼睛的臉蛋，嚥下一口口水。

垂下的長長睫毛，看起來柔軟又彈嫩的臉頰。稚嫩與成熟氣息兼具的溫柔美貌。

「嗯？」

「！」

此時瑪利亞像是觀察般睜開雙眼，政近稍微向後仰。

遠看是淡褐色的瑪利亞眼眸，近距離看會發現蘊含著藍綠交錯的複雜光輝。被這雙眼眸注視之後，政近的胸口莫名地躁動。

「唔……」

如同要逃離瑪利亞看過來的視線，政近迅速以筷子夾起映入眼簾的小番茄，以左手在下方承接著伸向瑪利亞。

「啊，啊～～」

「啊～～」

笨拙遞出的小番茄，瑪利亞張嘴準備吃下——的這一瞬間。

「啊！」

小番茄從筷子與瑪利亞的嘴唇之間滑下，落在政近的左手。

就這麼即將滾落到沙發上的小番茄，政近情急之下一把抓住。接著，瑪利亞從下方捧起這隻手，把自己的嘴巴埋進手掌。

「咿！」

落在政近手上的小番茄被瑪利亞咬起來，手掌順勢碰觸到她的嘴唇。

短短的一瞬間。若說是多心就僅止於此的這股觸感，卻令政近背脊竄上一陣發毛的感覺。不知道是否察覺政近的這個反應，瑪利亞嚼著小番茄露出害羞的笑容。

「呵呵，剛才有點沒教養耶。」

瑪利亞吞下嘴裡的時候之後靦腆這麼說，政近默默將筷子與便當盒塞給她。

「那個，剩下的請自己吃吧。」

「咦咦～～為什麼？」

「不，拜託請饒了我吧。」

政近說完搖了搖頭，瑪利亞大概是察覺到某些事，沒多說什麼就收下筷子與便當盒，重新面向前方坐好。瑪利亞的視線從自己身上移開，政近暗自鬆了口氣——

「那個……」

「怎麼了～～？」

「……總覺得是不是很近？」

只有形式上以問句發問，實際上近到沒有懷疑的餘地。彼此的手腳都貼在一起。

「看你心情好像很消沉，所以想說透過肌膚之親讓你靜下心來。」

「哎呀～～真是靜不下心耶～～」

反倒是在意得不得了。若說多虧這樣所以無暇消沉也沒錯。

「……心跳加速了嗎？」

「唔，不，算是吧……」

政近心想「為什麼只在這時候這麼敏銳」並且移開視線。然後，瑪利亞一臉像是在觀察他反應似的笑逐顏開。

「這樣啊，太好了。因為我的心也跳得好快。」

「呃，咦咦～～？真的嗎？」

政近不禁發出懷疑的聲音，瑪利亞隨即像是孩子般噘嘴。

「真的啦……要確認看看嗎？」

「咦？」

確認看看……是吧。確認是否心跳加速……是嗎？

「要……要怎麼做？」

回過神來已經脫口這麼說了。緊接著，期待與後悔同時湧上心頭，政近好想抱頭。

但是一度說出口的話語不會消失。政近懷著坐立不安的心情移開視線——瑪利亞在他面前轉身背對。

「？」

「請吧？」

「？」

「聽聽看心臟的聲音吧？」

「…………啊～～」

愣住數秒之後，政近理解了。

（原來如此嗎？以瑪夏小姐這麼傲人的身材，與其從正面聽，從背面聽比較容易聽清楚吧……啊哈哈哈。）

政近在腦中發出空虛的笑聲，就這麼往側邊倒下，以沙發扶手當枕頭，在沙發上抱住膝蓋蜷縮身體。

（好想死……）

剛才到底在期待什麼？自己毫無節操的下流心態害得自己差點死掉。

「久世學弟？咦，怎麼了？吃飽立刻睡覺的話…………那個，家畜？你這樣會變成家畜哦？」

「家畜是怎樣？」

「欸，欸嘿嘿，我在想到底是豬還是牛。」

「……一般來說是牛吧。」

「是嗎？那就牛吧！你會變成牛然後被我養哦？」

「為什麼突然變成斗S女王大人？不，以女王大人來說，我反倒應該是豬……」

「嗯？以女王大人來說不是貓嗎？」

「妳大概誤會成另一種東西了。」

雖然嘴裡這麼說，但若被問到「那為什麼以女王大人來說，你會是豬呢？」也不知道該怎麼回答，所以政近也沒繼續追究就坐起身子。然後他深深向後躺在沙發椅背再度發呆，此時用完餐的瑪利亞忽然發問。

「所以呢？結果你是為了什麼事消沉？」

「！」

突然切入核心的這個問題，使得政近瞬間繃緊身體……隨即放鬆力氣，像是死心般回答。

「沒事……只是覺得我真的是反派角色。」

政近有點自暴自棄般說完，覺得這樣說得不清不楚所以補充說明。

「是才華洋溢……嘲笑主角努力的反派角色。沒付出太多努力，也沒特別懷抱什麼熱情，即使如此也只會留下傲人成果的討人厭角色。」

「……是討論會的事嗎？」

「總之，也包括這件事……吧。」

「可是……你也曾經努力過吧？以前不是對我說了很多嗎？我記得很清楚喔。」

「！」

昔日和小瑪的回憶被提及，政近表情瞬間嚴肅……卻立刻改為自嘲般的笑容。

「總之，我曾經為了讓爸媽喜歡我而努力。」

「……」

「對我來說，鋼琴、空手道與課業，都是為了達成這個目的的手段。並不是自己喜歡才學的，也從來不曾全神貫注投入。」

就只是按照老師的教導默默練習。

「不曾對任何事情煩惱受苦，只靠著天分就獲得成果……然後被一無所知的烏合之眾稱讚，這樣我要怎麼高興？」

像這樣口出惡言之後，政近立刻後悔了。他知道周圍的人們毫無惡意。沒能率直接受讚賞是政近自己的問題，剛才的話語只是在亂發脾氣。

「煩惱與受苦……才算是努力嗎？」

被自責念頭折磨的政近，聽到瑪利亞平靜這麼問。政近對此稍微蹙眉，慎重回答。

「……總之，真正的努力不就是這麼一回事嗎？為自己的軟弱或不成材感到苦惱，即使如此還是咬牙前進，這樣的身影很美麗吧？」

「這樣啊……原來你是這麼想的。」

瑪利亞慢慢點頭之後，以開朗的聲音說。

「既然這樣，那你一直很拚命在努力耶。」

「……啊？」

這句話出乎意料，政近率直冒出「又少根筋了嗎？」這個失禮的想法。但是瑪利亞正面承受政近的懷疑視線開口。

「因為，你現在不就像這樣正在苦惱嗎？」

「！」

「你經歷許多煩惱，受了很多苦……即使如此還是向前進吧？為了扶持艾莉。這不就是你說的『真正的努力』嗎？」

政近連忙想否定卻說不出話，微微張嘴愣住。瑪利亞以雙手環抱他的身體。

「沒事的。你有在努力。久世學弟……你一直很拚命在努力。」

這是瑪利亞以前也說過的話語。

「沒事的。因為總有一天，你會喜歡你自己。」

一如往常無比溫柔又充滿關懷的話語，平順地滲入政近的胸口。內心輕盈得難以置信，甚至冒出「或許真的是這樣沒錯」這個前所未有的樂觀想法。

「是……這樣嗎？」

政近像是呢喃般這麼說完，瑪利亞靜靜放開他，並且投以微笑。如同被這張笑容引誘，政近也微微露出笑容。不過相較於瑪利亞，這張笑容頗為苦澀。

「總覺得很抱歉。真的老是在對妳撒嬌。」

「沒關係啊？之前也說過，我是自願疼愛你的。」

瑪利亞若無其事般輕柔一笑。純真無瑕，彷彿不知勞苦的少女笑容。然而看在政近眼裡，是比任何人都堅強可靠的笑容。

「所以，在我面前不要隱藏軟弱好嗎？你可以盡情向我撒嬌哦？」

具有重量，隱含著真實的話語。少女般的笑容稍微披上成熟的氣息。

「如果艾莉拉著你的手前進，我就推著你的背前進。我想要這麼做。」

瑪利亞的這張笑容……不知為何，忽然和至今無論如何都無法聯想在一起的「那孩子」的笑容重疊。

瞬間，政近感覺內心深處被用力抓住。接著心臟撲通撲通跳得好快，視線無法從瑪利亞的雙眼移開。

（呃，咦？這是什麼？難道……咦，不會吧？）

即使腦中否定，心與身體卻告知真相。這和數個月前對艾莉莎的感覺……以及數年前對那孩子的感覺，屬於同一種情感。

（不不不，真的嗎我也太沒節操了吧？不對，既然瑪夏小姐＝小瑪，所以稱得上是專情嗎……？）

想到這裡，政近驚訝自己居然自然而然接受了「瑪夏小姐＝小瑪」這個公式。理由不得而知。然而在此時此刻，政近第一次覺得和那孩子重逢了。

面前的瑪利亞，外表與氣氛都和記憶中的那孩子截然不同。但是……現在的政近實在不認為她們判若兩人。

（唔，啊……真的嗎……）

某個龐大的東西在內心深處逐漸膨脹。這種陌生的感覺令政近基於本能懷抱恐懼。

對於那孩子……對於小瑪的心意，不久之前已經做個了斷，所以她已經是過去的存在，昔日對她的心意不會復燃……原本是這麼認為的，但是錯了。

正因為有離別，所以才有重逢。正因為已經好好面對並且做個了斷，所以才會回想起來。

一直以為早已失去的情感一旦復甦，就鮮明到搞不懂為何至今都不知道……

（嗯，對不起。我太小看初戀了。）

被自己的情感耍得團團轉的政近面前，瑪利亞的笑容稍微加入惡作劇的色彩。

「不過，我想想哦～～？既然你說還是會在意的話……那就親我臉頰一下當成回禮吧？」

「咦？」

「至今你都不曾主動親我臉頰吧～～？所以，好嗎？」

瑪利亞一說完就輕輕張開雙手成為「等待」的姿勢。面對像是孩子般滿心期待到眼神閃亮的瑪利亞，政近臉頰抽動。

（偏……偏偏是現在？如果現在親臉頰……感覺某種東西會滿溢而出耶？）

這個狀況非常不妙。要是任憑這個狀況進展下去，在好好整理情感之前……或許會在此刻想要哭泣大喊的某種火熱衝動驅使之下，做出不得了的事情。

（就算這麼說，這時候想逃避的話……有沒有什麼巧妙迴避的方法——）

在來自內部席捲而來的情感怒濤中，政近拚命思考……回想起剛才發生的事。

（啊！就是那樣！）

同時他想到突破這個困境的妙計，裝出正經表情開口。

「我知道了……親臉頰是吧？」

「嗯。」

「那麼……」

政近正經八百點頭之後，從沙發微微起身……雙手懷抱瑪利亞的頭，用力緊抱在自己的胸口。

（啊，慘了。這樣就某方面來說……）

頓時，「我一直想見小瑪！」這句吶喊差點從喉嚨深處竄出，政近一陣慌張。但他好不容易克制這份衝動，緊抱約五秒之後迅速放開雙手。

「以為要親臉頰嗎？哈哈，這是剛才的回禮……」

然後裝出洋洋得意的笑容，低頭看向瑪利亞……只見她從臉蛋到耳朵都變得紅通通的，政近全身僵住了。

直到剛才那張充滿期待的笑容無影無蹤，情感全部脫落的表情。大大的褐色眼睛睜得圓滾滾的，就只是注視著下方眨啊眨的。但是那張染紅的臉蛋似乎隨時會冒煙。

「那個……」

「！」

對於這個出乎意料的反應，政近就這麼僵著笑容出聲，瑪利亞的身體隨即一顫。

「啊，是，那個……」

然後她發出含糊的聲音，匆忙收拾便當盒放進手提袋之後站起來。

「那……那麼，我回去了哦？」

「啊，好的。」

「嗯，那我走了。」

瑪利亞看著毫不相關的方向，將同樣的事情說兩次之後，快步走向通往走廊的門，然後不知為何就這麼沒轉動門把想要推開門，理所當然般撞上門被反彈。

「啊！」

被輕輕撞上的門發出「喀咚」的聲音，同時瑪利亞也輕聲哀號。但她若無其事般重新開門，迅速離開學生會室。

目送她的背影，門發出「啪咚」的聲音關上之後……政近再度將臉埋在沙發扶手，放聲大喊。

「那是什麼反應啊！」

◇

（嚇，嚇我一跳……）

瑪利亞以輕飄飄的愉快腳步走在四下無人的走廊。滿腦子都是剛才被政近用力緊抱時的感覺。

鼻尖與臉頰感受到又大又厚實的胸膛觸感。稍微粗魯擁入懷中，那雙強壯手臂的觸感。要是就這麼以蠻力壓制，感覺絕對無法抵抗……截然不同的異性身體。

（好，好驚人……是男人耶。）

在腦中說出這句話之後，瑪利亞感覺身體愈來愈火熱。

說來奇怪，瑪利亞至今鮮少感覺到政近是「男性」。因為對於瑪利亞來說，政近是「阿薩」延長線上的存在。因此，瑪利亞內心的戀慕情感，也依然是童年那時候懷抱的專一又純真的情感。

緊抱以及親臉頰，都是因為喜歡而理所當然做出的行為。這只是一種關愛表現，雖然多少覺得害臊……卻不可能覺得害怕。明明是這麼認為的。

「……」

剛才被政近緊抱，瑪利亞無可避免地預料到「接下來」的進展。面對自己無法抵抗的強大力氣與強硬舉動，瑪利亞在心跳加速的同時感受到恐懼。前所未有地意識到政近身為「男人」的一面……同時體認到自己是「女人」。

（討，討厭啦，總覺得超害羞的……）

事到如今，自己至今的行動使得羞恥的情感湧上心頭。

將政近緊抱在胸前的時候，意外被他看見自己只穿內衣的時候，在瑪利亞的主觀角度都完全沒有性方面的意義。因為政近是阿薩。實際上政近也只是臉紅害羞，和以前貼在阿薩身旁的時候沒什麼差別……

（可是……難道說我錯了嗎？難，難道說，我……我剛才？興……興奮了嗎？）

瑪利亞知道政近以異性角度對她的身體感興趣。但是……說來大意，她沒料到政近會向她表現慾望。

（可……可是，說得也是吧？因為阿薩……久世學弟是青春期的男生？之所以想接觸女生的身體，並不是因為單純的好奇心，而是這種意思……）

然而自己至今想都沒想過這種事，如同對待小孩子般把身體貼過去……

「～～～～！」

突然覺得這些行為很不檢點，瑪利亞蹲在階梯角落。

政近展現男人的一面令她心跳加速，阿薩變得和以前不一樣令她消沉，這兩種心情在胸口化為漩渦捲動。

這時候，政近與瑪利亞同時察覺到完全相反的事實。

「瑪夏小姐她……真的是小瑪……」

「久世學弟他……雖然是阿薩，卻不是阿薩……」

經過數年的歲月，如今重新站在起點的兩人，隔著十幾公尺的距離同時低語。

「「下次見面的時候，應該用什麼表情面對呢……」」

兩人如此煩惱時，距離他們數十公尺遠的某處……

「唔！總覺得哥哥又在消沉了！」

接收到小惡魔訊息的某兄控偷偷開始熱身。

Иногда Аля внезапно кокетничает по-русски

第2話

不需要回收這種伏筆

「那麼，雖然有點晚了……不過慶祝演唱會成功，乾杯！」

「「「「「乾杯～～」」」」」

艾莉莎帶頭高喊之後，依照性別分坐在桌子兩側的六人一齊舉杯相碰。放學之後，包括政近在內的「Fortitude」成員在KTV辦慶功宴。包厢由內而外依序來看，男性這邊是政近、毅、光瑠，女性這邊是艾莉莎、沙也加、乃乃亞。

政近與艾莉莎依然有點尷尬，以玻璃杯相碰的時候，艾莉莎也稍微移開視線，不過另外四人沒特別在意就開始聊天。

「哎呀～～雖然發生了各種事，不過到最後勉強成功真是太好了！」

「一點都沒錯……一時之間還擔心會變成什麼樣子。」

「光瑠同學，肚子沒事了嗎？」

「嗯，沒事。艾莉同學，謝謝妳。」

光瑠撫摸當時被入侵學校的不良少年毆打的腹部，露出苦笑。

「真是的，當時好慘……居然被不良少年打，我還以為只有漫畫裡的世界才會這樣。」

「因為世界上就是有人沒辦法溝通。只不過，這個時代居然還有一言不合就毆打別校學生的野蠻人，我也吃了一驚。」

「就是說啊～我以為日本是個更和平的國家……不過也要看場合是嗎～～？」

（不，妳有資格這麼說嗎？初次見面就突然要戳對方眼睛的妳有資格嗎？）

政近在內心吐槽乃乃亞這段話並且移開視線。不說別人，政近自己也在拯救乃乃亞的時候朝著不良少年的臉部揮拳打斷門牙，所以沒什麼資格說別人。順帶一提，這件事沒告訴艾莉莎也不太想被她知道，所以政近忽視這個話題聊起另一件事。

「我反倒是很驚訝居然有人聽到可以領錢，就跑到別人的學校亂來。」

「哎～～畢竟有女高中生會為了錢去做爸爸活，也有學生在做非法打工。在這個世界，『只要能賺錢就願意做任何事』的人意外地多吧？」（註：爸爸活（パパ活）指日本年輕女性與年長男性約會，並得到金錢、奢侈品等經濟援助作為回報。）

「……確實，待在治安良好的環境，某些事是不會懂的。」

毅隨口說出「爸爸活」這種字眼，政近蹙眉改變話題。

「所以……到頭來，有和白鳥他們和好嗎？」

聽到政近這麼問，毅與光瑠露出中了冷箭的表情轉頭面面相覷，並露出帶點苦澀的笑容。

「嗯……總之，勉強有吧。」

「終究沒能完全言歸於好就是了……不過已經約好下次還要一起玩了。」

「這樣啊，太好了。」

政近說完點點頭，沒繼續追問就結束話題。政近個人不想繼續深入他們的關係，也不想刻意表明自己在修復關係的過程中推了一把。校慶結束之後，他已經找時間當面向奈央道歉表示自己話說得太重，不過當時也沒問「Luminouz」後來怎麼樣了。

（繼續貿然插手也不是好事吧……總之，只要毅與光瑠已經消除煩惱就好。）

正當政近一邊思考這種事，一邊將手伸向堆積如山的薯條時，乃乃亞卻意外地緊咬這個話題。

「那麼～～咦？『Luminouz』會復活嗎？」

「咦，哎……應該會……吧？」

「不過主唱轉學了，所以必須找到替代的主唱才行。」

「這樣啊～～」

乃乃亞聞言，回以這句不知道是否感興趣的附和之後，毅瞥向艾莉莎，略顯猶豫地開口說道：
「順便問一下……如果請艾莉同學繼續擔任主唱……可以嗎？」
「咦，這……」
非常客氣提出的這句詢問，使得艾莉莎視線游移。政近很能體會這份心情。
「Fortitude」原本就是只到校慶結束的期間限定樂團，艾莉莎說穿了不是正規團員而是救援投手。突然被要求只有她一個人繼續主投的話應該會為難吧。更不用說其他團員還處於「關係修復中」的微妙狀態。
「……今年的學生會因為人少所以很忙。唯一另外參加社團的只有更科學姊，但那是因為更科學姊體力夠好才做得到……所以要繼續的話有點難吧？」
察覺艾莉莎在為難的政近幫忙緩頰，毅隨即露出難為情的表情苦笑。
「果然是這樣吧。抱歉，艾莉同學。妳擔任主唱實在太出色了，我不禁就……」
「啊，別這麼說。那個，對不起哦？」
艾莉莎也露出有點不好意思的表情，氣氛變得有點沉重的時候……響起一個格格不入的開朗聲音。
「那麼～～我加入的話可以嗎？我想當主唱看看。」
「「咦？」」

輕盈舉手的是乃乃亞。出乎預料的人物表態參選，不只是毅，光瑠也睜大雙眼。

「乃乃亞同學……可以嗎？」

「唔～～？我不像沙也親或阿哩莎那樣參加委員會，又是回家社～～？所以沒太大的問題啊？」

「啊啊，不，這也是原因之一啦……那個，雖然毅剛才那麼說，但是只有妳一個人是後來加入的，我擔心會不會很尷尬。」

「咦，完全不會啊？反正我不在意這種事。」

聽乃乃亞說得若無其事，毅與光瑠轉頭相視。然後毅戰戰兢兢代表兩人開口：

「如果妳願意……我們當然務必想請妳加入。但也得問另外兩人就是了……」

「收到～～那麼決定之後告訴我喔～～啊，對了。剛好有這個機會，就展現一下我的歌喉吧。」

乃乃亞始終我行我素地拿起點歌機點歌。是「Luminouz」翻唱歌單的其中一首。

「啊，啊～～」

乃乃亞一邊調整麥克風音量一邊起身。坐在沙發的沙也加配合她的動作靜靜拿起鈴鼓。

（嗯？鈴鼓？）

政近正色轉頭看向沙也加——的下一剎那，震撼全場的表演開始了。

乃乃亞平常慵懶的模樣霎時無影無蹤，充滿力量的歌聲編織出硬派搖滾勁歌。沙也加就這麼莫名維持嚴肅表情，高速進行俐落的鈴鼓伴奏。四人的視線在兩人之間反覆來回。

就這樣唱完一首歌之後，室內自然響起熱烈的掌聲。

「喔，喔喔～～乃乃亞同學超帥的～～」

「嗯……雖然和艾莉同學的感覺截然不同，但是唱得真好。」

「謝謝～～謝謝～～」

毅與光瑠給予純粹的稱讚時，政近半笑不笑地吐槽。

「……慢著，不不不確實很厲害，咦，這副歌喉是怎樣？這種鈴鼓伴奏是怎樣？不要到了現在還拿出神祕的特技好嗎？難道妳們是打倒最後大魔王之後拿到了最強裝備嗎？」

政近帶著苦笑如此吐槽，沙也加輕推眼鏡平淡回答：

「就算問我是怎樣……我會唱的歌很少，所以這是我為了在ＫＴＶ不用唱歌又不會擾亂氣氛而學到的技術。」

「這樣啊，對不起。」

直覺敏銳的政近，正確理解到她實際上不是會唱的歌很少，而是會唱的歌主要都是阿宅那方面的類型。

「畢竟也不是特別要說明的事。」

「妳就是這種傢伙耶。」

直覺敏銳的政近，正確理解到這句話隱藏著「畢竟要說明也很麻煩」的真心話。

「哎，不過總之合格了？」

乃乃亞放下麥克風這麼問，毅與光瑠立刻點頭。

「沒錯，滿分合格！」

「嗯，無從挑剔。」

「耶～～」

乃乃亞就這麼半閉雙眼握拳慢慢高舉，發出讀稿語氣的歡呼。這種反應乍看之下會懷疑是否真的很高興，但政近隱約感覺到乃乃亞確實很高興。

「……不過真是意外，沒想到乃乃亞這麼熱愛樂團。」

「嗯～～？是嗎～～？」

政近說出老實的感想之後，沙也加也隨即開口同意。

「說得也是。其實我也感到很意外。乃乃亞竟然對於演唱會那麼積極……在女僕咖啡廳接待客人的時候，好像也有宣傳演唱會？」

「咦，是這樣嗎？」

「咦咦～～我沒宣傳啊～～？班上的攤位立志要拿下特別獎，我可不會這麼公私不分喔～～」

乃乃亞搖手否定沙也加的話語，不經意將視線移向半空中。

「我只是在……有人問『妳什麼時段會在？』的時候，就回答『這個時段我在操場進行演唱會所以肯定不在喔～～』這樣而已。」

「……原來如此。」

「哈哈，這樣確實……不算是宣傳吧？」

「不，可是這叫做『置入性行銷』吧？」

「這我覺得不太對……」

聽到乃乃亞若無其事這麼說，沙也加以外的四人露出微妙的笑容。至於沙也加只是掛著死心的表情輕輕嘆氣。

「而且若要說公私不分，妳從一開始就是這樣吧?我聽說妳一直耍賴想和沙也加一起擺攤啊？」

「哪有耍賴，我只是稍微說了『好想和沙也親一起辦耶～～』，後來都是周圍擅自那麼做的。」

「我現在很～～清楚D班是多麼以妳為中心運轉了。」

只不過說到公私不分，某位女僕也很順手就協助主人班上的攤位，所以政近也不方便多說什麼。

（那時候因為過於自然融入所以沒過問，不過冷靜想想，綾乃是C班……）

政近昨天忽然察覺這件事而向有希確認，得知姑且被當成主人跑外務時的代班。還真是自然而然就融為一體。

「毅同學、光瑠同學，你們去過沙也加同學她們的女僕咖啡廳嗎？」

「呃，嗯……演唱會結束之後，算是去看了一下？」

「不過當時乃乃亞同學不在。」

「啊，原來你們去過……難道有抽那個獎嗎？」

回想起讓許多男生陷入泥淖的合照權抽獎，政近咧嘴笑著這麼問，毅隨即靜靜移開視線。看起來尷尬的這個反應，使得政近眨了眨眼。

「咦，真的假的？」

「他有抽喔，三次。」

「真的？」

聽到沙也加的爆料，政近目瞪口呆。接著毅「啊，不，總之，那是……」說出一連串含糊的話語，不過沙也加夾帶嘆息繼續說明。

「然後，他在第三次中獎……卻偏偏指名和我合照，我還以為發生了什麼事。」

「沒，沒有啦～～當成紀念？想說沙也加同學的那身打扮應該很稀奇？」

沙也加說完，毅稍微加速說話想打趣帶過……但政近總覺得他的模樣不對勁。

（唔唔～～？如果當成單純的遮羞，好像……）

政近在內心納悶，艾莉莎卻像是沒特別感覺到什麼般點頭。

「說得也是，沙也加同學的那套服裝確實很新奇……不過政近同學好像比較喜歡乃乃亞同學的打扮。」

「不，那是因為被沙也加半強迫的啊？」

「咦？政近該不會和乃乃亞同學合照了？」

「啊～～總之算有吧？對了沙也加，結果我當時抽的籤，妳有動什麼手腳嗎？」

政近連忙轉移話題，沙也加面不改色開口回答：

「天曉得？我忘記了。」

「喂……」

「嗯？發生了什麼事嗎？」

「沒有啦……我抽籤中獎的時間點太巧了，所以想問一下。」

「咦？那個籤的中獎機率那麼低嗎？可是毅第三次就中獎了……」

「不過光是我看見的，連續七次以上沒中獎的就有四人左右吧？」

「這……」

三個男生的視線集中在沙也加身上。但是沙也加只有輕輕聳肩。

「校慶執行委員會沒介入進行任何指導。言盡於此。」

「這完全是有動手腳的人會用的說法。」

政近賞白眼的時候，艾莉莎像是忽然想到般開口：

「這麼說來，那場騷動為何沒造成任何損害？聽說不良集團入侵D班教室……」

「沒特別發生什麼大事，頂多就是班上女生留下不好的回憶吧。而且副委員長好像也有幫忙善後。」

「副委員長……？啊啊，是桐生院……凡奧蕾特學姊吧？」

艾莉莎以不習慣的口吻說出堇的本名之後，政近一臉正經地開口：

「艾莉妳錯了。不是凡奧蕾特，是拜奧蕾特學姊。要是以標準的發音稱呼，會隨著敬意產生冷淡又見外的感覺。要懷抱親切的心態叫她『拜奧蕾特學姊』。」

「以你的狀況與其說親切，應該還隱含些許捉弄的心態吧？」

「你這傢伙相當不知天高地厚耶。」

政近以故做正經的表情說出這種蠢話，引得兩名好友投以傻眼視線。

實際上，堇在校內的評價十二分足以被稱為「高嶺之花」。家世、容貌、人望全部兼具，要不是她本人宣布「拿我和姊姊大人相提並論真的是承擔不起！」的話，二年級的兩大美女應該會增加為三大美女。

這位備受尊敬與羨慕的學姊，被學弟光明正大捉弄。毅與光瑠對此難免傻眼，當事人政近卻是面不改色。

「這也是拜奧蕾特學姊的人品吧。」

「真的是隨便你怎麼說耶……」

光瑠打從心底傻眼般嘆息之後，像是忽然想起什麼般詢問沙也加：

「這麼說來，結果風紀委員長將會由桐生院學姊接任嗎？加地學長已經負起校慶警備的責任辭職了吧？」

聽到光瑠這麼說，政近眉頭頓時上揚。

加地泰貴。曾擔任國中部學生會長，對於政近來說也是交情特別好的學長之一。校慶的時候，他被雄翔唆使協助外人入侵……不過這件事沒有鬧上檯面，泰貴表面上是「沒能防止外人入侵所以辭職以示負責」。

不只是因為沒有泰貴協助入侵的決定性證據，其實有希的意向也是一大原因。泰貴本人想要揭發自己的罪過並且贖罪……卻被有希勸阻了。關於這方面，政近在校慶之後打電話聽有希本人親口說明原由。

『不，坦白說要是會長……更正，加地學長失勢，我也得不到任何好處。我對他說如果想還我這個人情，就不要透露警備鬆懈的真相，並且幫我打選戰。』

這好歹不是可以光明正大向敵對候選人說明的內容……不過到最後，政近也理解有希的意向，決定將這方面的內情藏在心底。如果真的想做，當然可以拿討論會的賭注當後盾，要求雄翔作證有哪些人是共犯吧。如果純粹只考慮到選戰，就應該以這種方式讓泰貴陪雄翔一起上路。

但是政近依然沒這麼做，原因無疑在於泰貴也是他內心非常重視的學長。

（學長落選的那時，我一直不知道該以什麼態度對待，結果就和他保持距離了，所以我也有不對的地方……光是會長選舉大爆冷門就是很大的打擊，還和最愛的未婚妻分開，周圍的人們也開始保持距離……內心當然會出問題吧。）

在這樣的狀況中，依然留在身旁的學弟一直洗腦說「我站在學長這邊」或是「那場選舉有問題」，最後還說「有個方法可以顛覆一切哦？」這種話……或許就會越線觸犯禁忌吧。

（說到操縱他人負面情感的技巧，雄翔真的擁有惡魔般的天分……）

想到那名無法只歸類為「腹黑王子」這種可愛屬性的同學，政近厭惡地扭曲嘴角。無視於這樣的政近，沙也加微微聳肩回答光瑠的問題。

「正常的話應該是由桐生院學姊接任……不過自家人剛鬧出那種不幸事件，而且她本人好像沒什麼意願。若問有沒有其他人……也找不到有力的候補，所以形式上暫且保留這個空缺。」

「這樣啊……哎，能站在那位桐生院學姊之上的人應該很難找……不過以加地學長的狀況，因為在國中部學生會已經是會長與普通幹部的關係，所以才沒有突兀感吧。」

光瑠像是接受般點頭，不過乃乃亞在這時候隨口插嘴：

「那麼～～沙也親去當委員長吧？」

「我不當。」

「咦～～為什麼？」

「仰慕桐生院學姊的人這麼多，我在這種狀況參選只會招致反感。」

沙也加平淡說明，但是這時候艾莉莎也開口了。

「可是沙也加同學，妳在國中部那時候曾經以討論會戰勝桐生院學姊吧？以站在桐生院學姊之上的意義來說，妳應該沒有不足之處吧？」

「那是……」

沒想到艾莉莎提出這個意見，沙也加不經意移開視線。看她難得展現不知如何是好的態度，艾莉莎露出疑惑表情……但是政近知道原因。

（實際上在那場討論會上，主要交戰的並不是沙也加與菫學姊，而是乃乃亞與桐生院……以知道內幕的我來看，感覺就像是惡黨vs純粹惡，真的是一場令人毛骨悚然的戰鬥……）

政近與有希之所以察覺乃乃亞的本性，其實也是以那場討論會為契機。雖然以往也認為她「應該並非外表所示的懶洋洋辣妹」，但在討論會結束後就率直認為「這傢伙超猛的☆」。同時也直覺認為沙也加與乃乃亞正是他們在選戰競爭到最後的對手……

（如今卻成為直接以名字相互稱呼的交情……人生還真是難預料啊。）

政近冒出像是老年人的這種想法時，似乎已經重整思緒的沙也加輕咳幾聲。

「……那已經是三年多前的事了。一年級的風紀委員長終究不會被眾人認同。」

「是嗎？」

「是的。而且……」

此時沙也加稍微惡作劇般咧嘴一笑。

「對於風紀委員來說最重要的東西……好像是戰鬥力？」

「……是這樣嗎？」

「不，艾莉妳別當真。沒這種事。現在的風紀委員會之所以變成那樣，肯定是拜奧蕾特學姊與更科學姊造成的。」

「咦？先不提桐生院學姊，為什麼還有更科學姊？」

「沒有啦，因為更科學姊包括國中部那三年，直到去年都擔任風紀委員。」

「啊，啊啊……這麼說來確實聊過這種話題……」

「應該說，拜奧蕾特學姊變成那種感覺的原因也是更科學姊，換句話說更科學姊是一切的原因吧？」

「說起來，更科學姊把風紀委員會改造成那種武鬥派集團是在想什麼呢……？」

「與其說是在想什麼……」

對於艾莉莎的疑問，政近含糊其詞。要是老實回答她的問題，就是「霸凌他人的孩子在茅咲鐵拳制裁後，被迫加入風紀委員會，像是待在更生設施一樣鍛鍊身心」這個答案。不過這件事可以說出來嗎……不知道是否察覺政近猶豫的心情，毅在這時候開口。

「對了對了，說到更科學姊，她對付入侵者的時候好像很修羅喔。不過我也只是聽說而已。」

「『很修羅』是什麼意思啊？」

即使稍微苦笑吐槽毅，心裡多少有數的政近還是冒出冷汗。

政近也不知道茅咲實際上如何大發神威。不過當時討論會結束之後，他有點在意入侵者的現狀，前往風紀委員室想看看狀況……卻看見一名走到門外的風紀委員男學生臉色鐵青，輕聲說著「人類……人類的身體變成那種形狀……嗚！」這種話，遭遇這個光景的政近當場向右轉離開。

「話說這方面的事，同樣是風紀委員的沙也加應該比較清楚吧？」

政近說著看向沙也加，沙也加就這麼稍微別過臉聳肩。

「總之……這種陰沉的話題就別說了吧。不提這個，光瑠同學，那個東西不用給政近同學看嗎？」

「咦，啊啊，對喔。」

聽到沙也加這麼說，光瑠取出手機稍微操作，然後遞給政近。

「來，雖然我打算晚點再分享給大家……」

「嗯？什麼東西？」

手機的揚聲器傳來嘰嘰喳喳的喧鬧聲，納悶的政近接過手機看見畫面後睜大雙眼。

映在畫面上的是隔著觀眾的頭所看見，身穿演唱會服裝的艾莉莎。豪邁的前奏貫穿觀眾的喧囂聲，接著艾莉莎的歌聲響遍全場。

「這是我拜託朋友幫忙拍的。不過距離滿遠的，前面觀眾的手或是頭也經常擋住畫面……」

確實，以演唱會影片來說絕對稱不上精美。不過正因為是在觀眾席，是在其他觀眾推擠之中拍攝的現場影片，所以現場的熱度傳達到極致。

觀眾配合演奏搖擺跳動。看影片就知道，剛開始感覺有點放不開的艾莉莎，也配合這股亢奮氣氛愈來愈起勁。

（啊啊，好厲害……超帥的。）

在舞台上到處走動，沐浴在觀眾歡呼聲的艾莉莎身影，使得政近瞇細眼睛。從她和同伴們視線交會，很有默契地讓眾人狂熱的這副模樣，無法想像「孤傲的公主大人」這個別名。

（好耀眼……真的。）

看著畫面中的艾莉莎，政近在喜悅與驕傲的同時感受到一絲寂寞。

（真的……和當時讓整間講堂鴉雀無聲的我截然不同。）

在耀眼舞台和同伴籠罩在歡呼聲中的艾莉莎，以及在陰暗講堂獨自籠罩在寂靜中的自己。

回想起完全成為對比的兩種演奏，政近在內心苦笑。影片在這時候播放完畢，政近將手機還給光瑠。

「哎呀，真厲害。氣氛超熱烈。難怪在教室被那麼多人圍繞。」

政近隱藏內心的陰暗情感，像是消遣般這麼說。此時光瑠和艾莉莎與毅面面相覷，為難般露出笑容。

「不過，被大家圍繞的這件事本身……我不予置評。」

「其實啊，某方面來說也有點費神就是了……」

「是啊。」

毅同意光瑠與艾莉莎的說法，使得政近歪過腦袋。

「咦？我以為毅反倒會說『我的桃花期也來了嗎？』興高采烈才對吧？」

「咿？不，我可不會這麼說！」

被政近指名，毅吃驚瞪大雙眼，不知為何看向沙也加之後用力搖頭。

對於這個莫名其妙的過度反應，不只是政近，光瑠也眨眼表示不解。

「……確實，聽你這麼說就覺得毅很安分。明明也有很多女生圍繞在身旁。」

「不，我可不是……隨便被任何人喜歡都好啊？只要心上人喜歡我就好……」

「「？？」」

毅輕聲含糊說出和個性不符的純情發言，政近與光瑠一齊露出疑惑表情。大概是受不了兩人的這種視線，毅大口喝光飲料之後撇頭這麼說。
「話說回來，校慶結束立刻就要期中考很辛苦吧！而且接下來還有運動會……」
話題變更得這麼露骨，政近稍微揚起眉頭跟進。
「哎，說得也是。這個時期的學校活動也太集中了。」
「像是學生會之類的不會很辛苦嗎？運動會也有工作要忙吧？」
「沒有啊？運動會沒那麼忙……感覺基本上是以運動會執行委員會為主，學生會只是輔助。學生會主導的工作，頂多就是決定當天的競賽項目……」
視線在斜上方游移的政近如此回答，不過乃乃亞在這時候插嘴。
「不，高中部不是有那個嗎？出馬戰。」
「啊啊，也是啦……不過那個頂多只是在事前練習一下……」
「出馬戰？」
艾莉莎頭上冒出問號，政近心想「啊，我忘記說了」加以說明。
「是在運動會午休時間舉行的餘興節目。總歸來說就是下任會長參選人之間的騎馬戰。因為是選戰出馬角逐的人進行騎馬戰，所以叫做『出馬戰』。啊，順帶一提，這真的是餘興節目，所以並不會因為輸了就從選戰淘汰哦？」
「哎～不過能贏的話是最好的～～」

乃乃亞說得完全置身事外，政近稍微苦笑之後以正經表情開口：

「是啊，能贏最好。而且老實說，現在風向對我們有利。第一學期的學生會幹部致詞，先前在校慶的猜謎對決以及騷動的平息。在這些事件，我們留下的存在感都大於有希與綾乃。可以的話，我希望維持這個風向。」

「說得也是，我認為選戰的趨勢比我預料的還要對這邊有利。」

沙也加突然說出的這句話，引得政近與艾莉莎不由得注視她的臉。承受兩人視線的沙也加稍微皺眉。

「……什麼事？」

「沒有啦，我沒想到妳居然會親口說出這種分析……」

「我只是把事實當成事實來陳述。」

沙也加斷言之後面向前方，坐在她身旁的乃乃亞咧嘴一笑依偎過去。

乃乃亞伸手挽住沙也加的手臂，頭靠在她的肩膀，從超近距離揚起視線注視她。

「……乃乃亞，什麼事？」

「不，沒事～～」

沙也加似乎猜到乃乃亞想說些什麼，也明白即使問了也只會節外生枝，所以輕輕嘆了口氣。

（百合朵朵開耶……）

政近以無法言喻的心情看著這幅光景，然後重新面向艾莉莎。

「總之，沙也加說的沒錯。現在我們正要從壓倒性的劣勢挾著這股氣勢準備反超。為了避免這股氣勢受阻，即使是餘興節目也要確實在這次的出馬戰獲勝。」

聽到政近這麼說，艾莉莎也露出正經眼神點頭。但毅在這時有點不識相地吐槽。

「不，可是啊……正常比賽的話應該會贏吧？以身高差距來說。」

「嗯，總之正常比賽就沒問題吧？」

認真的氣氛被潑冷水，過於中肯的這個指摘使得政近苦笑。

無論如何，以艾莉莎&政近組與有希&綾乃組來說，身高合計相差將近四十公分。在騎馬戰的時候，騎手位於高處就占有優勢，這是無須多說的事實。加上騎手的手臂長度也有明顯差距。如果只考慮身體規格，騎馬戰是艾莉莎這邊壓倒性的有利。

「不過既然是騎馬戰，應該不是只有兩人參加吧？」

「嗯？啊啊，三人當馬，一人當騎手，所以需要兩位幫手。」

「那麼，戰局會因為幫手而變得不一樣吧？」

「唔～～……這就難說了。因為騎手固定是會長參選人，帶頭的馬固定是副會長參選人……不，正確來說也有交換的可能性。如果會長參選人是男生，副會長參選人是女

生，副會長參選人終究會改當騎手。」
「現任會長和前任會長好像也是這樣喔～～」
「是啊，不過關於會長與更科學姊，基本上我很懷疑是否需要交換……聽說當時很慘烈的樣子。」
「嗯，我有看過影片，超慘烈的。感覺像是砂石車對上一群三輪車。」
「或者是騎著赤兔馬的呂布奉先對上騎著小馬的小兵。」
「開無雙是吧……」
察覺端倪的艾莉莎露出難以言喻的表情，政近苦笑進行補充說明：
「多虧這樣，對當時遲遲沒決定搭檔的會長來說，好像成為一場印象非常鮮明的出道戰。稍微離題了，總之以結果來說，比起幫手，選戰搭檔的身體能力重要得多。」
「這樣啊……」
「而且基於這種隱情，這兩位幫手……比起身體能力更被重視知名度。」
「嗯？什麼意思？」
對於艾莉莎的疑問，政近稍微思考之後回答：
「啊～～換句話說是那樣吧。找幫手時，帶著班上兩名大力士參賽的候選人，以及帶著現任學生會正副會長參賽的候選人，觀眾會為哪一邊加油？就是這麼回事。」

「啊啊，原來如此。」

「哎，實際上學生會長與副會長固定不會干涉下任會長選戰，所以不會發生這種事就是了。雖說是餘興節目，既然以幫手身分參加出馬戰，以選戰來說也等於宣布『我支持這對搭檔！』，所以盡量帶著知名度或影響力夠強的人參賽當然比較好。出馬戰的勝負就另當別論。」

「這麼一來……」

聽完政近的說明，艾莉莎看向沙也加與乃乃亞，然後像是觀察般瞥向政近。

（哎，人選本身……算是妥當吧。）

察覺到她的想法，政近微微點頭表示同意，然後艾莉莎筆直注視著以冰冷眼神看向她的沙也加開口。

「沙也加同學、乃乃亞同學。願意和我一起參加出馬戰嗎？」

毫不修飾，直截了當的請求。不過政近對於艾莉莎這句話，對於她率直請求別人協助的這個事實暗自感動。然而……

「幫妳這個忙，對我有什麼好處？」

沙也加的回答非常冷淡。

「之前也說過，我在選戰並沒有支持艾莉莎同學。樂團活動是基於我個人的興趣才協助，不過這是兩回事。」

沙也加以冷酷的眼神平淡說明，然後筆直看向艾莉莎的雙眼果斷放話。

「如果把我當成選戰時的同伴，妳就大錯特錯了。」

沙也加毫不留情拋棄艾莉莎的這段宣言，使得室內充滿緊張氣氛。毅與光瑠都屏息看著兩人的對峙。預料到這個展開的政近也以嚴肅表情注視兩人。乃乃亞？她依然黏著沙也加不放啊？乃乃亞真的是乃乃亞。

「……所以呢？要求不是同伴的我在出馬戰幫忙，妳會提供我什麼好處？」

或許這是昔日被稱為會長最有力候補的少女給予艾莉莎的課題。

想打動他人要憑著什麼能力？對於不會被情感打動的對象，需要以利益打動。或許沙也加在問艾莉莎是否擁有這種的交涉力。旁觀的政近如此心想。

（像我就是拿阿宅精品讓她上鉤的……但這次應該無法用這種東西打動她吧。）

畢竟在校慶一起組樂團和這件事不一樣。以幫手身分參加出馬戰，是向全校學生宣布自己支持這組參選人的行為。而且對於沙也加來說，擔任艾莉莎的座騎也是屈辱吧。因為就某方面來看，可能有人會解釋為她在討論會敗北之後被納入旗下。沙也加至今不曾對校內任何人屈膝，政近不認為她會這麼輕易接受這種事。

（我也覺得這次要說服她非常困難……那麼艾莉，妳要怎麼做？）

為求謹慎，政近思考在艾莉莎說服失敗的時候要怎麼打圓場，暫且相信這位顯著成長的搭檔，等待艾莉莎的答覆。

在場中所有人的注目之中，艾莉莎她……如同屈服於沙也加的視線壓力，靜靜移開視線。看見這個反應，沙也加像是失望般瞇細雙眼。

在緊張感愈來愈強烈的狀況下……艾莉莎玩弄髮梢，有點嬌羞地開口。

「雖然妳確實不是我的同伴，不過……那個，妳是我的朋友。畢竟我能拜託這種事的也沒有別人了……如果妳願意和我一起參賽，我會很高興……」

艾莉莎稍微臉紅這麼說，瞥向沙也加觀察她的表情。這個舉止隱含著毫無心機的討喜與可愛，如果對方是男性肯定能秒殺吧。

（艾莉……不，雖然這應該是發自妳內心的話語……但是被要求「提供好處」還說出這種話，和動之以情沒什麼兩樣啊？就說沙也加不會被情感打動了……）

艾莉莎的話語連是否算是交涉都很難說，政近有點為難般下垂眉角。就像是肯定政近這個想法，沙也加輕輕吐氣，不經意從艾莉莎的方向別過頭去，重新面向前方。

然後，她以中指輕推眼鏡鼻橋這麼說。

「哎，既然是這麼回事……那就沒辦法啦？畢竟是朋友？」

（用情感打動了啊啊啊啊————！）

靜不下心頻頻推著眼鏡，以偏高音調說出這種話的沙也加，使得政近目瞪口呆。

（妳妳妳只要這樣就好嗎？討論會女王，妳怎麼了？）

這反應過於不像平常的個性，政近沒隱藏驚慌心情凝視沙也加。不過當事人沙也加直到剛才身披的冷酷氣息無影無蹤，一邊維持冷淡表情，一邊釋放心情大好的氣場。

「沙也加同學，可以嗎？」

「……總之，既然是朋友的請求，我覺得冷淡拒絕也不太好吧？」

「謝謝妳，沙也加同學。那個，乃乃亞同學呢……」

「沙也親答應的話～～我就沒問題喔～～」

乃乃亞就這麼黏著沙也加爽快點頭，然後在超近距離笑咪咪注視兒時玩伴的臉，沙也加因而不悅皺眉。

「妳也差不多該放開我了。」

沙也加說完推開挽住她手臂的兒時玩伴，拿著杯子起身。

「我去拿個飲料。」

她這麼告知之後就快步離開包廂。乃乃亞目送她的背影，只有嘴角笑嘻嘻的。

「沙也親她也很害臊對吧～～」

「……與其說害臊……應該說看見她過於意外的一面了。」

愕。

「嗯～～？哎，畢竟沙也親再怎麼說也沒什麼朋友～～所以應該很開心吧？」

「這樣嗎……」

自己都覺得困難的這場交涉，艾莉莎以意想不到的方法輕易突破，使得政近有點錯愕。

（總覺得有點被打擊到了……話說，居然以毫無心機的正中直球讓冷酷的女王大人嬌羞，艾莉真的是主角命格吧……）

覺得原本想要算盡心機交涉的自己是莫名污穢的人種，政近有點消沉。就在這個時候，叉子伸向蜂蜜土司的乃乃亞以不經意的語氣發問。

「所以，阿毅喜歡上沙也親嗎？」

「「「「！」」」」

毫無脈絡可循的這個問題，使得另外四人同時嚇了一跳。然後三人一齊看向毅，看見他掛著錯愕表情逐漸臉紅的模樣，過度吃驚到目瞪口呆的程度。

「咦，不，慢……慢著慢著慢著慢著。真……真的？」

接連受到震撼，慌張得像是笨蛋的政近開口發問之後，視線四處亂飄的毅發出含糊的聲音。光看他這個反應就夠了。

「咦咦～～……不，咦咦～～？」

「慢著，需要嚇成這樣嗎？」

「沒有啦，有點過於意外……」

「……只有這個我同意政近。毅喜歡的類型，我以為應該是更…………洋溢滿滿溫柔氣息的人。」

「不，沙也加同學很溫柔吧？」

毅有點害羞地如此斷言，政近與光瑠目不轉睛注視他，就這麼持續沉默了一陣子。

毅突然被揭發戀心而不知道該說什麼，政近與光瑠對於好友過於意外的戀心無法壓抑內心的慌張。艾莉莎置身於「男性朋友在聊戀愛話題」這個未知的體驗而僵住，元凶乃乃亞吃著蜂蜜土司。

此時，不適合ＫＴＶ包廂的這份寂靜被開門聲劃破。

「嗯？怎麼了？」

走進來的沙也加拿著一杯薑汁汽水，皺眉觀察室內。但是政近沒回答，將杯子剩下的可樂一飲而盡。

「好，我也去拿個飲料吧。」

「說得也是，我也去。」

說完之後，政近與光瑠像是事先說好般，從兩側伸手穩穩架住毅的肩膀。

「毅你也要一起去對吧～～？」

「呃，喔？」

「沒錯沒錯，一起在飲料吧調配各種飲料看看吧～～」

然後就這麼不等毅回應直接起身，就像是半強迫帶走般，三人一起離開包廂。毅的杯子還放在包廂裡，不過這是小問題。

「……所以，你真的喜歡沙也加嗎？」

走到飲料吧前方的走廊時，政近重新詢問毅。看見毅移開視線沒否定，他稍微抬頭。

「……真的嗎～～」

政近知道毅是認真的。不過如果要率直聲援……基於各種意義來說很難。

首先再怎麼說，家世背景都配不上。沙也加是日本頂尖大企業的社長千金。毅雖然起碼也是社長公子，卻只是中小企業的小鎮工廠。員工人數與年營業額都差了三位數左右。

在這個時間點就足以算是高不可攀，或者該說妄想少奮鬥二十年，加上沙也加本身是那種個性，即使說客套話也不像是對戀愛感興趣……反倒還覺得她可能會為了家業而面不改色接受策略婚姻。

（而且那傢伙還是隱性宅……毅絕對不知道吧…………而且乃乃亞她啊～～）

政近考慮各種隱情而面有難色時，毅有點不滿般開口：

「什麼嘛，有這麼奇怪嗎？」

「與其說奇怪……記得你放暑假之前不是說過有喜歡的人嗎？在我家念書準備考試的時候，你不是說過『要成為肉食系積極追求』這種話嗎？」

「這麼說來確實有。這部分後來怎麼樣了？」

「啊啊……這個嘛……」

「……該不會是已經被甩了？」

「與其說被甩……」

毅結巴回應，看起來猶豫數秒之後，像是認命般開始說明。

「……我那時候喜歡的人，我就不說名字了，不過是足球社的經理……」

「是喔～～？」

「足球社的經理？為什麼？」

「沒有啦，其實有一段時期，足球社的經理來支援棒球社練習。當時她各方面對我很好，所以我覺得她很不錯。」

「……嗯？」

聽到毅的說明，政近僵住不動。

總覺得明顯是在某處聽過的事。足球社經理去支援棒球社……？哎呀？這個提案當時是誰說的？

「然後我努力和她拉近距離……結果發現她其實正在和我們社長交往……」

哎呀呀？社長的女友？確實有耶～～瞞著眾人交往的女友。雖說不知情，但是當時不負責任慫恿毅的人是誰呢～～？

「哎，所以我就這樣失戀了……然後這次和沙也加同學一起組樂團，她又在校慶救了叶……我覺得她這個人很不錯。總之，就是這種感覺。」

喔喔，邀沙也加組樂團的到～～底是誰呢～～？

「……原來如此。」

政近察覺了。一切的元凶是他自己。雖然每件事都不是蓄意那麼做的……罪惡感卻好強烈。

這麼一來，政近基於個人的立場……

「……我會幫你加油哦？」

也只能擠出這句話了。

第3話 稍等一下呆毛豎起來了？

「不管怎麼說，剛才的氣氛比想像的還要熱烈。」

「也對，玩得很愉快。」

從ＫＴＶ踏上歸途的路上，政近送艾莉莎回家。

結果在ＫＴＶ待了兩小時左右就解散了。以演唱會慶功宴暨樂團解散儀式來說，是規模非常小的一次聚會，不過明天還要上學所以也沒辦法。

原本打算在假日舉辦，但是在校慶補假期間，大家的行程搭不上。就算這麼說，下次放假已經是期中考之前，所以才成為這種形式。只不過，為了彌補今天的缺憾，所以（以此為藉口）預定等到考完再另外找時間出遊，所以這並非六人最後一次齊聚。

「和朋友一起唱喜歡的歌，比想像的還要快樂。」

「妳至今沒有這種經驗嗎？」

「有和家人唱過就是了……」

「啊啊，家庭ＫＴＶ嗎？」

「不是的，是在達恰……在俄羅斯的別墅，爺爺彈吉他伴奏讓大家合唱的感覺？」

「比想像的還要充滿鄉村氣息……」

一如往常的兩人，一如往常的閒聊。但是隱約有著尷尬氣息。

（嗯，總覺得她還是……沒放下後夜祭的那件事。）

大概是因為後夜祭情緒亢奮，當時的艾莉莎完全解放小惡魔形態，政近回想起這段回憶之後立刻消除。

（哎，不久之後自然就會平復吧。嗯。）

像這樣思考的政近，努力想表現得一如往常……不過在對話中斷的時間點，艾莉莎忽然停下腳步。

「嗯？艾莉？」

頭上冒出問號轉身一看，有點猶豫般看著斜下方的艾莉莎，像是下定決心般揚起視線。

「政近同學……發生了什麼事？」

「咦？」

「那個，感覺你……好像有點尷尬。」

「……」

對於艾莉莎這句話，政近反射性地心想「不，在尷尬的是妳吧」，卻在數秒後改變想法。

（不對……說不定……她說的沒錯？）

說不定在自己都沒察覺的時候表現出尷尬的態度了。政近不覺得自己有採取尷尬的態度，但是說到原因，他心裡有數。

（應該是瑪夏小姐的事吧。）

午休時間和瑪利亞做的那些事。由此感覺到內心對於瑪利亞的悸動。這一切不知不覺令政近暗自對艾莉莎感到內疚。

（怎麼回事？這種像是劈腿的感覺。但我們又沒在交往，所以稱不上劈腿……）

政近面有難色保持沉默，使得艾莉莎愈來愈擔心般下垂眉角。

「果然發生了什麼事嗎？」

即使是艾莉莎這份純粹的關懷，總覺得也刺激了罪惡感。不過既然被看出來了，要是不發一語隱瞞下去，感覺氣氛會愈來愈尷尬，所以政近思考片刻之後開口。

「嗯……算是有一點煩惱吧。」

「煩惱……」

「不，真要說的話沒什麼大不了的……」

政近清了清喉嚨，換成有些鄭重的表情，仰望夜空慢慢開始說明：

「……曾經有一部動畫的最後一集結束方式過於悲哀，造成我內心的創傷。」

「……？」

「然後不久之前，這部動畫的第二期……續篇在相隔數年之後製作完成。第一期造成心理創傷，所以我原本不打算看，但是聽朋友說『那部的第二期很讚喔～』我婉拒說『我現在比較迷另一部霸權作品』，然後這個朋友也說『那部也很讚耶。那麼等到那部播完之後，你有興致的話再看一下吧？』沒再多說什麼。總之到這裡都沒問題。」

即使感覺艾莉莎頭上冒出問號，政近還是繼續說下去：

「被朋友推薦之後有點好奇，我重新看了一次第一期，然後得知只是最後一集的印象過於強烈，整體來看果然是一部好作品……也有點迷上原本沒要看的第二期……」

此時政近視線下移，以苦惱到不必要的表情搖了搖頭。

「可是，我先前才說『正在迷另一部霸權作品所以不打算看』，所以現在不敢對朋友說『我迷上第二期了☆』，話是這麼說，不過隱瞞事實只聊霸權作品，心情上也有點鬱悶……總之就是這種感覺？」

「……這就是煩惱？」

「嗯。妳認為呢？」

「說實話不就好了？」
「唔～～……哎，也是啦。」
艾莉莎露出微妙傻眼的模樣回答，政近心想「哎，當然是這種反應吧」而苦笑。
（如果煩惱是動畫的話還好，是人的話就……哎，不過以這種奇怪方式掩飾的我才有錯。）
政近看著下方在內心自嘲時，艾莉莎以疑惑表情開口：
「應該沒什麼好在意的，你喜歡上那部動畫了吧？喜歡什麼東西是心情上的問題，我覺得想阻止也阻止不了……要是在意這種事害得彼此變得尷尬，對於這位朋友反而更不友善吧？」
艾莉莎在自己內心細細玩味之後編織的這些話語，意外地打動政近的心。
政近吃驚睜大眼睛抬頭一看，和有點慌張般眨眼的艾莉莎四目相對。
「……是這樣嗎？」
「是……吧？至少我是這麼認為的。」
「嗯……這樣啊。」
政近慢慢點頭數次，露出放鬆的笑容。
「謝謝，我心情舒坦些了。」

「是嗎？那就好……」

看見艾莉莎似乎無法釋懷般歪過腦袋，政近溫柔微笑。然後他重新慢慢踏出腳步，發出開朗打趣的聲音。

「哎呀～～沒想到我找艾莉商量煩惱的這一天居然會來臨。」

「我覺得不到『商量煩惱』這麼誇張就是了……」

「不不不，煩惱因人而異，嚴重程度也是因人而異。」

「這樣啊……總之，如果我這樣可以的話，再來找我商量也沒問題哦？那個，因為我們是……搭檔。」

艾莉莎稍微噘嘴板著臉這麼說，知道這是在遮羞的政近露出更柔和的笑容。

「嗯，我很依賴妳喔。」

「！」

說出這句話的瞬間，走在身旁的艾莉莎肩膀一顫。

「？」

「沒事。」

像是在抗拒政近的疑問視線般這麼說完，艾莉莎快步往前走。和言行相反，她的背影看起來很愉快。

（好像……以結果來說，回復為一如往常的感覺了？）

政近在內心鬆了口氣，稍微加快腳步走到艾莉莎身旁。就這樣走到看得見艾莉莎家的時候，艾莉莎忽然開口：

「這麼說來，已經是考試期間了……」

「喔，嗯。」

「怎麼辦？不然的話，也可以再陪你一起念書哦？」

艾莉莎愉快般如此提案，政近思考片刻之後……搖頭回應。

「不，這次我一個人用功吧。不然每次都要人陪的話也很丟臉。」

「……這樣啊。」

點頭的艾莉莎聲音聽起來有點遺憾，大概是政近自我意識過剩吧。在這麼交談時，兩人抵達艾莉莎居住的公寓入口。

「那麼，明天見。」

「好的，謝謝你送我回家。」

說完之後，艾莉莎踩上通往公寓大門的階梯——輕盈轉過身來，迅速鑽到政近的懷裡，將臉頰貼在政近臉頰，然後……

【我也很依賴你。】

輕聲在政近耳邊呢喃之後，迅速轉身進入公寓。

錯愕目送艾莉莎的背影，直到完全看不見她的身影之後，政近身體一顫。

（嚇我一跳……）

感覺一股熱度從艾莉莎臉頰接觸的部位逐漸擴散，政近全身一陣發抖，然後忍不住快步奔跑。

在秋老虎依然遲遲不走的夜晚街道，政近劃破晚風奔馳。跑回家的時候已經上氣不接下氣，不只臉部，連全身都發熱……不過內心充滿前所未有的幹勁。

「……加油吧。」

重新如此宣布之後振奮氣力。感覺如果是現在，要用功多久似乎都沒問題。

（好……總之從今天開始禁用電腦。電視與手機也是沒必要就不用！）

大步行走的政近如此下定決心，在家門前深呼吸一次。

「嗯，好！」

隨著氣魄高漲的聲音，政近打開家門——

「啊，歡迎回來～～」

看見任憑馬尾跳動前來迎接的妹妹，政近感覺幹勁迅速萎縮。

「要用我？要用綾乃？還是要……3，P？」

「3P是COM（computer）的意思嗎？」

「這可不是在玩對戰遊戲喔。」

政近華麗無視於有希低俗的迎接話語，說著「我回來了」若無其事走向盥洗間。洗手漱口之後來到客廳一看，有希正開心搖晃著馬尾等待。

「所以說……既然校慶也結束了，在考試之前就來進行動畫馬拉松，一口氣看完累積至今的動畫吧！」

妹妹掛著燦爛笑容毫無惡意地要摧毀哥哥的決心，政近懷著些許愧疚回應。

「不，雖然剛玩完回家的我這麼說也不太對……不過已經是考試期間了，不念書的話很危險吧？」

「沒問題！反正明天開始就會拿出真本事！」

「唔，好強的說服力……」

有希充滿自信轉動馬尾前端如此放話，使得政近噘起嘴。「明天開始拿出真本事」是到最後依然不會努力的人常說的台詞，但是以有希的狀況來說不一樣。她真的是為了從明天開始拿出真本事，才會想在今天盡情放鬆充電吧。

（哎，畢竟她這麼期待，至少也在今天陪她一下吧……反正直到剛才都在玩。）

思考到一半，他立刻心想「不對」改變念頭。

（我這個呆子。回想起剛才的決心吧。）

政近在內心如此激勵自己，搖頭甩掉誘惑。

「抱歉。我決定從今天開始就拿出真本事。要動畫馬拉松等考完再說。」

「咦咦～～要等到下下週嗎？可是要避免被劇透也很麻煩耶……」

馬尾軟弱扭動的有希不滿地說。

「抱歉啦，這次我認真想考進全年級前三十名。」

然而聽到政近懷著歉意以堅定語氣這麼說，馬尾軟弱扭動的有希不情不願地點頭。

「……知道了。考完試是吧。」

「對不起了，妳明明特地過來……」

「沒關係沒關係啦～～為了避免妨礙你用功，我會在房間消化沒看完的書。」

「這樣啊…………話說回來，雖然我一直不打算吐槽，不過……」

政近終究無法視若無睹，看向有希背後全力消除存在感操作有希馬尾的綾乃，瞇細雙眼。

「這是在做什麼？」

「呵，你問得很好。」

「我本來也不想問。」

突然間，有希咧嘴露出無懼的笑容。像要遮臉般以右手指尖抵著額頭。馬尾在綾乃的協助之下性感擺動。感受到一股麻煩到不行的氣氛，政近眼睛瞇得愈來愈細。

哥哥的視線像是正值梅雨季般有點冰冷，有希卻視若無睹，視線帶著哀戚的情感投向虛空。

「該從哪裡說起呢……沒錯，那是我在……」

「跳過三十秒。」

「再跳過一段。」

「……樣的嗎？她的特徵在於……」

「……尾角色，都應該是這個樣子。」

「過頭了，倒轉十秒。」

「尾無力下垂，反過來說，內心雀躍的時候，馬尾會輕快彈跳。看到這幅光景，我大受震撼……領悟到所有的馬尾角色，都應該是這個樣子。」

「妳這傢伙真靈光。還有綾乃，抱歉啦？」

有希省略話語的時候，綾乃配合在她每次轉頭的時候就移動，正如字面所述被耍得團團轉。一個不小心的話會拉到主人的頭髮，所以綾乃也很拚命——然而有希偏偏在這時候張開雙手，當場轉了一圈。綾乃稍微彎腰在有希周圍快步打轉。

「喂，別這樣對待她。」

「啊啊，沒錯！馬尾不只是用來表現活潑氣息的髮型！會依照情感……」

「總歸來說？」

「既然綁了馬尾，應該要以頭髮的動作表現情感吧？就是這樣。」

「腦殘到不行的這種話題，妳居然誇張說明到這麼不必要的程度。」

「我才要說你這傢伙居然把別人的說明無情跳過。你是不聽前奏的Z世代嗎？」

「Z世代對Z世代這樣吐槽不太對吧？」

「Z世代只是大人創造的類別，請不要擅自把我歸類進去。」

「剛才是妳自己說的喔。」

「像這樣什麼東西都想要分門別類的行為，我覺得會招致社會分裂。」

「原來如此。沒想到剛才說『所有的馬尾角色都應該是這個樣子』的傢伙會說這種話。」

政近賞白眼吐槽的瞬間，有希像是舞台劇演員般驟然朝天空伸手。

「啊啊沒錯！馬尾！得知馬尾的可能性之後，我為了成為真正的馬尾角色而勤於修練……努力想要配合情感驅動馬尾！」

「練習必殺技還比較有建設性吧？」

「結果啊……」

「嗯。」

「呆毛就豎起來了。」

「怎麼冒出神奇的技能了？」

「呵，世界還不曉得……這個沒用的技能隱藏著遲早會成為最強的可能性。」

「妳說呆毛嗎～～？」

「這你就不懂了……能讓呆毛豎起來，意味著控制了角蛋白和氫的結合。換言之！精通之後就可以自由操作所有生體分子的分子結合……」

「擴大解釋過頭了。」

「沒用的技能就是要擴大解釋吧？」

「就算這樣，做得太過分會被當成笑柄喔。」

「從呆毛話題開始的時間點就完全是笑柄了吧？」

「沒想到居然會被妳用大道理打臉……」

行雲流水般進行你來我往的搞笑吐槽之後，政近重新看向綾乃。

「所以……因為沒辦法自己讓馬尾動起來，妳就叫綾乃幫忙動？」

「一點都沒錯！我認為這是完美活用綾乃隱身技能的好點子——」

「綾乃，妳提告職權騷擾的話應該可以百戰百勝，需要的話隨時告訴我吧？」

「謝謝您。但是在下不要緊的。」

「妳是嬌憐的化身嗎～～」

「應該只是單純的斗M吧？」

「呆子的化身給我閉嘴。」

「呆子的化身，簡稱『呆身』……呵，操作呆毛的我很適合這個稱號。」

「…………」

「…………」

「…………」

「……怎麼了？」

「不准反過來吐槽。不准把冷場的笑話怪到別人身上。」

「老哥沒幫忙把吐槽處理好，所以是你的錯吧？」

「而且還惱羞成怒？就算是我，看見這麼明顯的炸彈也不會碰啊？」

「好過分！我一直相信哥哥願意和我一起炸死的說！」

「少囉唆不准把別人拖下水。要死的話妳自己去死。」

「唔哇這傢伙是人渣！是把恐慌求助的同伴一腳踢開的那種人渣！」

「這是讓讀者看見人類醜陋面之後掛掉的路人甲吧？」
「這種人大多會在下一格或下下一格就從背後或上面被打成肉醬死掉對吧？」
「反倒是沒拋棄同伴的路人乙那裡，主角一行人會出面拯救。」
「嗯。所以說，今後也麻煩好好幫忙撿炸彈吧。」
「要我相信有人會來救～～？只要我一撿起來，妳這傢伙就會落跑吧？」
「嘖，被發現了嗎？」
「明明是人渣卻莫名其妙活下來負責吸收仇恨值的人就是妳了……」
「咯咯，我會在臨死的瞬間輕聲說『哥哥……』以最讓人鬱悶的方式退場。」
「但是這個哥哥早就因為妳而炸死了啦？」
「少廢話了快點念書吧，哥哥。」
「剛才是誰要求我對妳的搞笑逐一反應啊，妹妹？」
「喂，綾乃，妳被點名了。」
「？」
「就說不准把別人拖下水了……啊啊真是的。」
政近以疲憊至極的聲音說完，用力撫摸有希的頭。
「喔，唔喔？」

然後從目瞪口呆的有希頭上移開手，懷著慰勞的心情輕拍綾乃的頭。有希隨即按著剛才被粗魯撫摸的頭，揚起視線瞪向政近。

「唔……話說在前面，如果以為總之摸女生的頭就能讓她開心，這可是阿宅的一大誤解喔，兄長大人。」

「我並沒有這種意思。」

「哎，不過我會開心啦。喂，快摸啦。多摸我幾下啦。」

有希說著稍微蹲低，頻頻把頭頂過來。

「怎麼回事啊……」

即使政近對此露出完全傻眼的表情，還是如同對待爺爺奶奶家養的狗一樣，用力摸遍她的頭。

「唔哇～～」

有希生硬地發出開心般的聲音，同時掀起上衣，像是狗一樣露出腹部，進而像是暗示「來吧快點摸」般咧嘴一笑……但是政近完全視若無睹就進入自己房間。

『唔，面對這迷人的小肚肚卻完全不理我……？可惡的奶子星人。』

政近假裝沒聽到隔著門板傳來的這段怨言，換上居家服之後直接走向書桌，就這樣開始認真念書備考。

在這段期間，政近享用著綾乃端來的咖啡，以罕見的專注力持續用功。後來喝完慰勞的咖啡，稍微喘口氣朝著時鐘一看，時間已經將近晚上九點半。

「……」

不經意將意識朝向房外，沒什麼特別的聲音。看來有希正如宣言窩進自己房間避免妨礙政近用功。雖然政近也這麼要求，不過實際看她安分到這種程度總覺得有點掃興，應該說像是對不起她，或是感覺缺了一些東西……

（慢著，我在想什麼啊。就算是妹控也應該適可而止。）

平常胡鬧惡搞的那個妹妹，其實是個性正經又洋溢關懷之情的孩子，政近非常理解這一點。既然哥哥認真想要專心用功，這個貼心的孩子就會好好尊重這份意志。

不過……正因如此……

（稍微提出任性的要求也沒關係的。）

無論如何都會忍不住這麼想。那個妹妹過於習慣忍耐，希望至少只對我盡情撒嬌。政近明明是這麼想的……但有希絕對不會無視於政近的心情堅持己見。不像是孩子的這份懂事心態，令政近內心懷抱寂寞與悲傷。

（等到考完試就陪她玩個痛快吧。）

如此下定決心之後，政近從椅子起身，伸了一個大大的懶腰。

（嗯……好，先去洗澡吧……）

記得幾分鐘前有聽到洗澡水放好的通知聲。既然有希與綾乃不洗，我就先洗吧……如此心想的政近走出房間，輕敲有希的房門。

『幹嘛～～？』

「我可以先洗澡嗎？」

『請便～～』

隔著門獲得准許之後，政近從自己房間拿換洗衣物到浴室，迅速脫掉衣服也撕下脖子上的藥布，開始洗澡。頭與身體洗好泡進浴缸之後，感覺長時間用功累積的疲勞逐漸溶入熱水。

「啊啊……」

政近滿意地吐了一口氣，整個人癱在浴缸裡。只有現在忘記用功好好放鬆……的這個時候，隔著浴室的門傳來盥洗間拉門開啟的聲音。

（嗯？是誰來洗手嗎——？）

腦中一角思考這種事的瞬間……

「好，咚～～！」

「呃？啥啊啊啊？」

全裸的有希踹開浴室門入內。

「等一下，妳在想什麼啊！」

政近猛然坐起上半身大喊，有希光明正大挺胸回答：

「我決定以不妨礙用功為代價，改成妨礙洗澡！」

「不，妳這傢伙怎麼自然而然就全裸啊！」

「既然是洗澡當然要全裸吧？沒問題，聖光與水蒸氣會恰到好處發揮效果。」

「並沒有啊？」

「就說沒問題了，之後會打碼的。會貼黑條。」

「拜託妳現在先自己貼吧？」

政近在驚聲吐槽的同時總之先轉身背對，居然傳來有希關上門之後自然而然坐在洗澡矮凳的聲音。

「咦，等一下，妳真的要一起洗？」

「咦？嗯。因為不妨礙哥哥用功還能聊天的機會只有現在。」

「不～～不不不，就算這樣，一起洗澡還是太狂了吧？」

都升上高中了，兄妹倆卻一起洗澡，這怎麼想都很奇怪。何況這個年紀的女生不是都不想接在父親或哥哥後面洗澡，也不願意髒衣服一起洗嗎？

（不，有希現在不是叛逆期所以不到這種程度，就算這樣……既然正值青春期，一般來說還是多少會害羞吧？）

實際上，自己的裸體被妹妹看見，政近感覺很害羞。如果是女性更不用說吧……就在他如此心想時，有希的呢喃傳入他的耳朵。

「我果然很奇怪嗎？」

從這個聲音聽出某種憂愁的音調，政近瞥向有希，發現有希一邊洗頭髮，一邊注視著自己的下腹部。

「……」

從這副模樣感覺到某種緊張的情感，政近再度轉頭背對她思考。

從正常角度來想，有希的言行被說奇怪也在所難免吧。但如果不以正常角度，只以有希個人的隱情來想……

「我不認為有什麼好奇怪的。」

只能這麼回答。

政近也知道。有希之所以還沒表現出叛逆期的半點徵兆……只是因為她還來不及迎接叛逆期就不得不成為大人。

在不長進的哥哥與一意孤行的大人圍繞之下，聰明的有希身為孩子卻理解到自己不能只是孩子。後來……她甚至拋棄了向父母撒嬌、反抗的權利，跳過好幾個階段成為大人。一切都是為了保護家族。

（實際上，有希比我這種人成熟太多了。）

政近由衷這麼認為。但是……

（也有某些部分明顯依然是個孩子……）

叛逆期與青春期，肯定都是孩子成為大人的重要過程。要是強制跳過這些過程，心理上會變得如何？看起來再怎麼像是大人，其實也是以扭曲的形式成長吧？

『對不起，哥哥大人，我……要留在這個家。』

有希所展現的，和年齡不符的大人模樣。

『被哥哥看見裸體也完～全不會害羞哦？』

以及完全相反，經過再久都沒變的孩子模樣。

（難道說，有希像是孩子的這一面是……）

那間像是病房般單調的房間。有希像是孩子的這一面，或許是她遺留在那個房間床上的自身一部分。

有希說過想在院子痛快玩抓鬼遊戲，說過想要盡情歡笑打電玩。但是不知何時，她連這種小小的願望都不再說出口……將許多願望藏在心裡沒能實現，就這麼成為周防家的繼承人。

將這樣的她棄置不理的人，無疑就是政近……

（現在在這裡的……是那時候的有希嗎？）

當時的有希連洗個澡都備受關心。光是水蒸氣或是溫差就會引發氣喘，所以嚴禁長時間泡澡，也經常只在床上擦澡就了事。當然也沒有在浴室嬉鬧的經驗吧。當時不能做的這些事，如果她想在這時候嘗試看看……

「哎，隨便妳吧。」

懷著些許感傷這麼告知之後，政近身體深深沉入浴缸。接著，盤好頭髮的有希目不轉睛注視政近，露出快樂的笑容。

「……這樣啊。」

憂愁音調消失的這個聲音，使得政近也暗自安心——

「那麼，抱歉打擾了。」

「慢著，喂？」

「噗咚～～！」

有希發出開朗的聲音，以背靠政近的姿勢跳了進來。正如她自己發出的音效，大幅擺盪的水面直接打在臉上，政近搖了搖頭。

「妳，妳這傢伙……」

政近發出傻眼與責備各半的聲音之後，剛才猛然跳進來的有希將手放在浴缸邊緣，身體稍微上浮。

「唔哇，還滿熱的。」

「既然這麼想就出去吧。」

「這麼熱的水哪泡得下去！我要回房間了！……以為我會這麼說嗎？真可惜，這麼明顯的死亡旗標，我可不會插喔。」

「這哪裡是死亡旗標啊？進來泡反而比較危險吧？」

「哥哥……？難道你……」

「不是那個意義的危險啦！」

「我確實聽過在浴室比較容易偽裝成自殺，沒想到這種事……」

「嗯，不是妳想像的那種危險。」

「在這種地方就可以知道悶騷度耶。」

「不准積極害我躺著也中槍。由此可知妳平常就在開黃腔吧？」

「沒有啦～～還比不上依禮奈學姊喔。」

「那個人不予置評。」

「好，適應水溫了。」

有希說完之後，原本上浮的身體連肩膀都沉入水面，向後靠在政近身上。

「等等……」

「呼哈哈，很像是剛同居的笨蛋情侶耶。」

「不，妳喔……」

「咯咯，這麼一來就不能發動青梅竹馬特有的壓制招式，『我們不是一起洗澡的交情嗎？』『這是小時候的事情吧！』來反擊了喔，阿哥。」

「……唉。」

政近原本想抱怨，卻立刻連話都懶得說而嘆了口氣。

（哎，當成和小學低年級的妹妹一起洗澡就好吧……）

他如此心想，將視線投向虛空。

「來，嘩啦～～」

「噗啊！」

被熱水潑臉了。仔細一看，有希在水面交握雙手，當場製作水槍。

「再一發！」

「噗呃！」

有希雙手夾緊的瞬間，指縫再度噴出熱水襲擊過來，政近臉頰抽動。

「妳這傢伙……所做所為真的是小學生耶？」

「呵，在浴室可以玩得這麼開心，這就是我的天真無邪喔！」

「不要邊說邊射啦！」

有希俐落地瞄準背後的政近持續發射熱水，政近賞了妹妹腦袋一記手刀，然後用手擦臉。

這麼一來，有希的裸體自然進入視野範圍，政近即使覺得不可以，還是忍不住頻頻打量她的身體。

「……」

政近認為是非常勻稱的美麗胴體。不過引起他注意的是……身體的薄度。

雖然具備女性特有的起伏，整體來說卻又薄又細。比方說身體厚度，要是和統也相比，感覺真的不到他的一半薄。

（真的有好好吃飯嗎……？）

政近真的擔心起來了，不過有希仰望哥哥的臉，咧嘴一笑。

「喔，怎麼啦？終於開始理解我的小肚肚的魅力了嗎？」

「不，我還沒開啟這扇門。」

「居然不知道這條隱約浮現的腹直肌線條多麼性感，看來你還差得遠……」

「哪裡的線條？」

「就是這裡，摸了就知道喔。」

「不，這就免了。」

即使是妹妹，即使只是腹部，政近也不願意亂摸而立刻拒絕。但是有希不知為何忽然溫柔瞇細雙眼，慢慢撫摸自己的腹部。

「請摸摸肚子吧……這樣會很開心的……」

「妳是動物園的飼養員嗎？」

有希不知為何露出莫名充滿慈愛的表情，像是溫柔催促般牽起政近的手。如果不摸似乎就不會滿足的這副模樣使得政近嘆了口氣，輕輕撫摸她的腹部——

「啊哈哈哈哈！」

……的瞬間響起這個哈哈大笑的聲音，政近嚇一跳移開手，有希隨即變得面無表情閉上嘴巴。然後政近再度戰戰兢兢伸出手——

「啊哈哈哈哈！」

移開手。變得面無表情。撫摸腹部。

「啊哈哈哈哈哈！」

「太恐怖了吧——！」
每次撫摸都會用力睜大眼睛張大嘴巴哈哈大笑的有希，令政近發出半哀號的聲音。
「就不能笑得開心一點嗎？我還以為是詛咒的人偶！」
「沒有啦，終究會有點害羞耶。」
「如果害羞會是那種結果，我很擔心妳的精神狀態。」
「我的一半是以溫柔組成的，有意見嗎？」
「另一半呢？」
「色情。」
「一點都不好笑吧？」
「又色又溫柔……咦？難道我是完美的戀愛喜劇女主角？」
「戀愛喜劇女主角需要色情嗎？我覺得精神層面青澀的女生反而比較有市場。」
政近這麼說的瞬間，有希大幅睜開單邊眼睛，像是威嚇般仰望哥哥。
「這只是因為你這小子是處女廚吧，啊啊～～？」
「婊子我也當成婊子在喜歡啊～～？」
「你這混蛋會喜歡的婊子，想必是美味吃掉處男的色色大姊姊吧——！」
「妳這傢伙！為什麼對哥哥的性癖好這麼清楚啊啊啊——！」

「咦，這……這種事……」

有希突然變得嬌羞並且左顧右盼，然後將視線落在水面含糊回答。

「當然是因為……我也喜歡這一味啊……」

「不准趁著告白的亢奮情緒爆料自己的性癖好。而且啊，妳喜歡色色大姊姊是怎麼回事？」

「最近我迷上一部漫畫，內容是色色大姊姊引誘自認高攀不起的冷傲女生墜入百合的世界……」

「……原來如此。」

理由比想像的還要正常，政近不知道應該要放心，還是應該要擔心妹妹繼ＢＬ之後也開始沉迷百合。

（哎，在二次元喜歡的話不成問題吧。畢竟沒有和現實混淆……）

政近稍微思考做出這個結論時，有希握拳訴說：

「所以呢，我個人對於乃乃亞同學與沙也加同學非常注意。」

「完全混淆了吧？」

「那兩人很可疑吧？因為沙也加同學沒什麼特別的緋聞，感覺乃乃亞同學對於沙也加同學的執著也非比尋常。」

「算是吧……」

「以我個人的立場，如果想要追求沙也加同學的男生都被乃乃亞同學暗中除掉，我聽到這種事也不會驚訝。」

「……」

有希半開玩笑的這個假設，政近自己也無法否定。這也是他得知毅喜歡沙也加之後無法全面聲援的原因之一。

（也得找機會確認那傢伙的想法才行……）

政近看著天花板下定這個決心時，有希讓身體慢慢下沉，然後在水面位置仰望政近開口：

「話說回來，我甜蜜的哥哥大人啊……」

「什麼事？」

視線下移一看，有希咧嘴伸出手，撫摸政近的脖子……

「這是誰的咬痕？」

聽到這個問題，政近不由得抖了一下。

（啊，不妙。糟了。）

洗澡的時候撕掉藥布，就這麼忘記存在的那個痕跡……是在校慶被艾莉莎咬的。

「……」

被看見就沒辦法了。政近靜靜看向虛空，正經八百地開口：

「這個啊，是被喪屍咬的。」

「真的假的那不就慘了嗎？可是既然沒成為喪屍，所以是那樣嗎？只有哥哥擁有抗體的那種套路嗎？」

「對對對，而且意識依然是人類，肌力卻超過人類的套路。」

「然後是那樣吧？為了拯救被咬的女生，以提供抗體為名目注入體液對吧？」

「對對對，剛開始想要以舌吻搞定，但是就算這樣也來不及所以在最後——等一下這不就是十八禁的情色獵奇恐怖案件嗎？」

「要是被咬的大叔連滾帶爬闖進來要怎麼辦……？」

「只聽完遺言就給他一個痛快。」

「好歹猶豫一下吧？」

「好啦，身體泡得夠暖了，差不多該出去了吧。」

「不，我不會放你走哦？」

「呵，以為妳阻止得了本大爺嗎？」

「你說什麼？咕，可惡！」

政近想離開浴缸的時候，有希四肢撐著浴缸以全身壓過來。但是政近也沒有軟弱到因為這種程度就被封鎖動作。即使被浴缸與有希的背夾住，他的身體也慢慢掙脫。緊接著，有希即使透露慌張模樣，依然露出勇敢的笑容。

「沒辦法了……雖然只有這一招我不想使用……」

有希輕聲說著放鬆四肢力道，政近抓準機會迅速站起來，就這樣試著在她出招之前離開浴缸——

「天使模式，發☆動！」

政近聽到這個聲音的下一瞬間，左手被一把抓住。伴隨強烈的不祥預感慢慢轉頭向下一看，和雙眼閃亮純真的有希視線相對。

「哥哥大人？要好好數到一百才可以出去哦？」

「唔咕！」

被這雙視線射穿心臟，政近不禁腳軟。

（不對，不可以！這時候回去的話會正中有希的下懷！）

政近如此心想而堅守立場……但是察覺有希目不轉睛注視著比她視線位置高一點的政近某部位，政近立刻蹲下。

「妳這傢伙……」

政近併攏雙腿，以忿恨的眼神瞪向有希……但是有希只掛著詫異的表情，交互看著政近的那裡與自己的那裡，然後稍微歪過腦袋。

「哥哥大人，您為什麼毛茸──」

「好！一起來數到一百吧！」

「嗯！」

認命的政近自暴自棄般高聲一呼，有希就笑咪咪地點頭，然後像是忽然想到般發出純真的聲音。

「哥哥大人！我想讓小鴨浮在水面！黃色小鴨！」

「不，沒這種東西。」

「那麼，哥哥大人來當小鴨吧？」

「要我浮在水面？這是小孩特有的殘酷純真嗎？」

「不是的，只要當小鴨就可以了。」

「啊？什麼意思？」

「哥哥大人，您知道嗎？鴨子是野鴨被人類豢養的品種，換句話說是家禽哦？」

「妳想表達什麼？」

「哥哥大人～成為我的小鴨鴨吧？」

「看來妳這傢伙不是天使吧？」

「穿幫了嗎？」

「當然會穿幫！所以我要出去了！」

政近如此宣布之後離開浴缸，以蓮蓬頭沖洗身體。有希笑嘻嘻地旁觀，並且在笑容背後悄悄放下內心的大石頭。

（什麼嘛，看來精神很好嘛。）

不只在校慶展現琴藝，今天心情似乎也很消沉的哥哥表現出一如往常的模樣，有希對此鬆了口氣。要是讓政近獨處，他一個不小心就會無止境消沉下去。正因為知道這一點，所以有希有點擔心而過來看看狀況……

（雖然不知道是誰，不過某人鼓勵了哥哥嗎？）

可能是學生會的某人，樂團的某人，或是除此之外的某人。除了自己還有許多人扶持哥哥，有希對此感到驕傲與喜悅……以及一絲寂寞。

（那個咬痕……到頭來是誰的呢？但我覺得十之八九是艾莉同學吧。）

雖然在意，不過即使繼續逼問，哥哥肯定也不會回答吧。

「……」

內心深處產生昏暗又討厭的某種情感。如同要趕走這份情感般，有希猛然站起來

——這一瞬間，視野一陣漆黑。

「嗚，啊……？」

感覺得到全身迅速失去血氣。比起站立時的頭昏眼花嚴重數倍的這股暈眩同時導致平衡感消失，有希像是絆倒般抓住浴缸邊緣，卻因為突然向前撲倒而腳滑，膝蓋下方撞到浴缸的落差處。這股疼痛也莫名沉重，骨子裡轟轟作響。

「有希？」

驚慌失措的叫聲引得有希稍微抬頭一看，和一臉像是世界末日的哥哥四目相對。這副緊張的模樣令有希感到開心、好笑又愧疚……露出半笑不笑的表情。

「不，我沒事，只是泡太久有點暈……」

所以不必擔心。有希就這麼蹲在浴缸輕輕揮手示意……緊接著被一股強大的力量拉起身體。

「唔，喔咦？」

就這麼不知不覺被公主抱，帶離浴室。

（唔喔喔哥哥力氣好大～～）

有希對於人生第一次的公主抱冒出這個微妙脫線的感想時，身體被輕輕放在地面攤開的浴巾上。

「綾乃！過來一下！」
「不，這樣是小題大做——」
「請問有何吩咐——有希大人？到底怎麼了？」
「不，就說只是泡太久——」
「綾乃！叫救護車！」
「啊，是！」
「不對，你們冷靜啦～～」
後來，有希拚命說明只是熱水澡泡太久頭暈，好不容易阻止兩人叫救護車……
「……我說哥哥大人，不必這麼勤快幫忙看護沒關係啊？畢竟綾乃也在。」
「病人給我乖一點。」
「就說不是病人了……」
躺在自己房間床上的有希，完全被當成中暑患者對待。
額頭貼上退熱貼，被綾乃朝著臉部搧風，以吸管飲用政近遞過來的運動飲料。
「應該說，我已經好得差不多了……抱歉害你們擔心，但是小題大作到這種程度，我也覺得不好意思……」
「那麼，這就是妳害我們擔心的懲罰。」

「唔喔，真的假的？」

就像是要封鎖後續的反駁，吸管伸到有希嘴邊。吸吸吸。運動飲料很好喝，但是已經喝膩了。

「起碼好好把頭髮吹乾吧……應該說，你還得念書準備考試吧？」

「這種事一點都不重要。」

「不對，不能當成一點都不重要吧？」

「……」

「不，運動飲料我喝夠了啦！」

交談時一有機會就伸過來的吸管，有希用力搖頭拒絕。吸管就這樣靜靜縮回去，有希鬆了口氣，但是也沒能放心太久。

「撞到的部位只有右腳的這裡嗎？」

「咦？啊啊，嗯。」

「這樣啊，那麼晚點去醫院請醫生看看吧。」

「所以說不要小題大作啦！」

「綾乃，可以麻煩妳安排車子嗎？」

「遵命。」

「就說不必了！」

「……」

「所以說運動飲料喝夠了啦！」

被過度保護到像是惡整的程度，有希忍不住跳起來。緊接著，先前撞到浴缸的右腳一陣刺痛，所以稍微踉蹌。

（啊！）

有希這麼想的時候為時已晚。

「綾乃！還是叫救護車吧！」

「遵命！」

「拜託住手啦！」

哥哥與女僕真的想要把她緊急送醫，有希全力阻止。

像這樣手忙腳亂的時候，剛才在浴室產生的那股昏暗又討厭的情感，完全消失得無影無蹤了。

第4話　本世紀最大的節外生枝感

考試期間。經過所有國高中生心目中堪稱苦行的這兩週，第二學期期中考結束的星期六。

政近等人搭乘谷山家的高級4WD進口車（附專屬駕駛）來到郊外的遊樂園。成員是六名樂團夥伴再加上另一人……

「光瑠先生，您對於尖叫設施之類的沒問題嗎？」

「唔～～普通的雲霄飛車應該沒問題吧……只要不是會停在半空中或是整個人倒吊的那種……」

「說得也是耶～～！我還滿怕的，所以很崇拜不怕這種設施的人！」

「這樣啊。哈哈哈……」

一抵達目的地就早早黏在光瑠身邊的人是乃乃亞的妹妹——宮前玲亞。

看來自從在秋嶺祭被光瑠拯救之後，她就熱烈希望親近光瑠……所以今天被乃乃亞帶來參加。

只不過，這次的名目始終是考完試的慶祝以及樂團的慶功宴（第二彈）。在這個場合讓局外人玲亞參加當然是有某個意圖。為了達成瞞著玲亞以及沙也加的某個目的……也就是支援毅成就戀情的這個目的，所以特地讓玲亞參加。

在沙也加這邊，是以玲亞對光瑠有意思為藉口，希望她暗中協助，而且乃乃亞會幫忙支援玲亞，這樣的話，自然會變成光瑠、乃乃亞與玲亞三人共同行動，再來只要政近與艾莉莎一起行動……毅與沙也加就會自動配對。原本是這麼打算的。然而……

進入遊樂園沒多久，政近他們的計畫就明顯沒按照劇本走。

「艾莉莎同學經常來遊樂園嗎？」

「不，其實這是第二次……」

「是這樣嗎？」

「沙也加同學呢？」

「我算是很喜歡這種地方，所以每年會來四到五次。」

「是嗎？我覺得有點意外。」

「經常有人這麼說。」

看著沙也加與艾莉莎自然配對走在一起，政近在內心大喊。

（不對，沙也加她不肯離開艾莉！）

直到自然分成三人與四人的時候都沒問題。但是……沙也加積極向艾莉莎搭話的這部分完全失算了。

結果，走在前面的是顏值超高的三人組，接著是兩名時尚的美少女，殿後的是垂頭喪氣跟著走的兩個不起眼男生……搞不懂這麼悲哀的陣型是怎麼回事。

「（喂，毅，這樣下去的話，搭乘遊樂設施的時候也會這樣分組喔。）」

政近斜眼看向身旁的毅，輕聲說明內心的擔憂。接著毅也看著前方輕聲回應。

「（不，可是沙也加同學看起來很快樂，要妨礙的話也……既然沙也加同學看起來很快樂，那我這樣就好。）」

「（怎麼變得像是已經失戀了！）」

政近高明地輕聲吶喊，以視線指向前方的光瑠。只見光瑠正以有點僵硬的笑容和玲亞對話。

「（你看，光瑠也正在為了你而努力啊？你想害得光瑠的犧牲白費嗎？）」

「（夾在美少女姊妹中間叫做犧牲嗎……）」

「（我知道你想說什麼，但是給我吞回去。因為對於光瑠來說，被女生追求是一種苦行。）」

「（……你可以先去向艾莉同學搭話嗎？）」

「（你這傢伙……）」

毅完全將靦腆的一面表露在外，政近發出傻眼的聲音。

要實行這個請求當然不難。

艾莉莎也知道「加深毅與沙也加的情感」這個背地裡的目的，所以只要政近搭話就會積極協助吧。不過……就算這麼做，政近也不認為毅可以順利找沙也加說話。

（哎，但是至少在一開始幫他這個忙吧。）

政近如此心想，正準備向艾莉莎搭話的時候……

「啊，各位！可以的話要不要玩那個？」

帶頭的玲亞開口這麼說，因而錯失時機。然後朝著玲亞手指的方向一看，是隨著輕快音樂不斷旋轉的咖啡杯。

「這裡的咖啡杯，因為轉得超快而聞名喔！要不要坐看看？」

「是喔～～」

「咖啡杯嗎……這麼說來只在小時候玩過耶……」

沒人特別插嘴反對，覺得既然玲亞這麼說的話就玩吧，所以大家都坐進咖啡杯。

每個咖啡杯規定最多坐四個人，所以自然是宮前姊妹與光瑠一組，另外四人一組。

艾莉莎與沙也加並肩坐下，政近坐在艾莉莎旁邊，毅坐在政近與沙也加中間。大概因為是人數上限，四人一起坐就差點碰到彼此的腳。毅也差點碰到沙也加的腳，連忙縮起雙腿。

（不對，你變得像是在電車上的一百分坐姿喔。）

毅整齊併攏雙腳打直背脊坐正，政近見狀稍微露出苦笑。此時響起嘟嚕嚕的聲音，咖啡杯開始慢慢轉動。

「啊，轉動中間的這個控制盤就好嗎？」

稍微試著轉動控制盤，咖啡杯的旋轉速度就稍微加快。

「喔，變快了。怎麼辦？可以轉得更快一點嗎？」

「我不介意。」

「是的。」

「喔喔。」

「好，那麼——」

政近握著控制盤的手加強力道時……

「呀啊〜〜」

不遠處傳來玲亞的尖叫聲，政近連忙看向聲音方向，然後感到戰慄。

「呀啊〜〜！姊妳太快了啦〜〜！」

咖啡杯滴溜溜地高速旋轉。在這股離心力的甩動之下（應該吧）……玲亞緊貼著光瑠不放。

……不，實際上應該受到相當大的橫向G力，但是看另外兩人的傾斜方式，玲亞明顯表現得非常誇張。雖然剛才是那麼說的，不過要求乃乃亞轉快一點的應該是玲亞自己。政近對於她堅韌的裝可愛舉止感到戰慄。

（心機有夠重的……這就是真正的小惡魔女孩……！）

然後政近察覺了。要是在這時候使勁轉動控制盤，這邊也會發生相同的事。

（咦？這個真的可以轉嗎？）

明知會發生小小的幸運色狼事件還是貫徹到底，以紳士角度來說令人不以為然。不過都已經詢問能不能轉了，要是不轉感覺也很奇怪。而且不能忘記一件事，現在的政近背負著讓毅與沙也加拉近距離的使命。

（嗯，總之多少發生一些意外狀況也沒關係吧，畢竟是遊樂園。）

以兩秒左右做出這個結論，政近用力轉動控制盤。就這麼持續轉動控制盤之後，咖啡杯的旋轉速度驟然加快。隨著壓在椅面的G力，像是甩動般的橫向G力施加在身體。接著，沒抓住控制盤的眾人全盤承受這股橫向G力。

「呀啊！」

隨著細微的尖叫聲，艾莉莎的手撐在政近大腿，這股觸感令政近身體一顫。

（唔喔，怎麼了？總覺得——）

被女生摸大腿是鮮少體驗的觸感，一種奇妙的感覺竄過政近背脊。

「啊，對不——！」

艾莉莎在道歉的同時迅速縮手，但這次她整個人靠在政近的肩膀上。

隨著上臂互貼的觸感，一陣芳香輕盈刺激鼻腔，政近猛然抬起頭，然後察覺坐在正對面的沙也加也靠在艾莉莎的肩膀上。

艾莉莎靠在政近的肩膀，沙也加靠在艾莉莎的肩膀，毅維持一百分的坐姿。

（喂！）

毅抓住咖啡杯邊緣，全力忍著不倒向沙也加那裡，見狀的政近在內心吐槽。

（不，你是對的！這麼紳士我覺得很好！可是這麼一來反倒是我難以自容吧！）

這麼一來簡直是……只有政近希望發生這個狀況吧？在這麼思考的時候，咖啡杯的旋轉速度逐漸變慢，艾莉莎與沙也加回復為原來的姿勢。

【……色狼。】

（這是誤會……）

然後，艾莉莎在離開時輕聲留下這句俄語，政近暗自發出嘆息聲。

◇

後來又玩了好幾個遊樂設施，來到午餐時間。

以洗手為名目前往廁所的政近與光瑠，將毅逼到牆邊。

「我說啊，你有幹勁嗎？」

「……有。」

「有夠小聲。」

毅消沉低著頭，平常的開朗模樣消失無蹤，政近嘆了口氣。

原因在於這整個上午，毅甚至沒能好好和沙也加交談。明明機會多得是，周圍也安排好讓他和沙也加配對了。

然而毅卻在鬼屋比任何人都嚇破膽而被沙也加關心，在雲霄飛車也放聲慘叫令沙也加不敢領教。基本上只有被擔心的分。

「雖然我這麼說也很奇怪……但你要像玲亞小妹那樣更積極出擊。」

「不，男生和女生說起來不一樣吧……？」

「哎，這倒是。」

以玲亞的狀況，她向光瑠猛烈進攻的程度，光是旁觀都會深感佩服。在鬼屋以及雲霄飛車，她都說著：「我會害怕所以請牽著我的手……」淚眼汪汪揚起視線，強調自己弱女子的形象又不時進行身體接觸……不過這基本上應該是女追男才成立的手法。對於光瑠是否有效就另當別論。

一般來說，以男生的狀況應該是要展現可靠的一面，不然就是一起玩樂以拉近彼此距離，然而這兩種做法現在的毅都辦不到。

「話說雖然現在問也來不及了，但你不適合來遊樂園吧？」

「！」

看毅在遊樂設施似乎玩得不太快樂，所以政近冷靜地吐槽。毅隨即移開視線並結結巴巴地開口說道：

「不，因為……大家看起來很期待……所以我覺得如果和大家一起玩，或許可以玩得很快樂。」

「……換句話說，你從一開始就很怕尖叫設施之類的吧？」

「但我覺得你的這一面其實是優點……」

毅看起來粗枝大葉卻重視友情又貼心的這一面，使得政近與光瑠都露出無法言喻的表情。

（起碼應該再忍耐一下吧……在這種狀況，要是順利一直忍耐下去，在最後的最後舉白旗投降演變成「咦？其實你很怕尖叫設施嗎？」這種結果，我覺得就可以提升好感度了……）

要是完全無法忍耐而被人關心，也談不上什麼好感度吧。而且毅也因為自己的丟臉表現而消沉，這麼一來根本無法表現優點。

「……好！在不擅長的領域對決也沒用！盡量在你擅長的領域對決吧！」

像這樣改變想法的政近心生一計，就這樣在吃完午餐之後，眾人來到足球九宮格遊戲區。

「吃完飯立刻玩尖叫設施可能會不舒服，所以要不要在這裡比一場？分組之後比賽哪一組能用最少的球打掉所有的靶子。」

對於政近的提案，事先協調好的眾人點頭同意，沙也加與玲亞也跟著點頭。接著同樣依照事先的協調，毅和沙也加一組，光瑠和玲亞一組。只不過……

「啊，那麼難得有這個機會，表現最差的那一組要不要去坐那邊的大怒神？」

因為玲亞的提案，所以加入了預料之外的懲罰遊戲。

（哎，稍微被逼入絕境，毅也會比較努力吧。）

政近完全把自己置身事外，留下被選為打頭陣的艾莉莎&乃乃亞這一組，準備離開九宮格遊戲區。但是在即將走出圍欄的時候，背後傳來艾莉莎的疑惑聲音。

「咦？政近同學你呢？」

「啊？我被球討厭了，所以不參加。」

「這是什麼理由？」

從一開始就沒把自己算進來的政近理所當然般這麼回應，此時玲亞「咦咦～～」出聲抗議。

「久世學長，不可以因為有懲罰遊戲就自己一個人逃走喔。」

「不，我沒有這個意思……」

「哎，說得也是～～那麼～～阿世就算在我們這一組吧。」

「咦～～」

被乃乃亞緊抓肩膀拉回去，政近不得已只好留在九宮格遊戲區。然後在不情不願旁觀的狀況下，艾莉莎站在從一號標示到九號的靶子前面，助跑之後踢球。

「喔喔！」

她美麗的射門引得政近睜大雙眼。在天空疾馳的球描繪弧線，被吸入正中央的五號標靶——漂亮被外框彈飛到天花板反彈，直接打中臉……政近的臉。

「嘎呃！」

鼻子深處迸出閃光，政近忍不住當場蹲下。

「哎呀……」

「啊，對……對不起！政近同學你沒事嗎？」

被艾莉莎出聲關心，政近忍著痛楚與淚水起身，以一臉若無其事的表情向艾莉莎與乃乃亞開口：

「沒怎麼樣對吧？」

他的鼻子慢慢流下鼻血，艾莉莎與乃乃亞同時轉過頭去。

◇

「真的很對不起……」

「不，我從以前就被球討厭，所以不必道歉……」

第一球就早早受傷退場的政近，和艾莉莎一起坐在稍微遠離九宮格遊戲區的長椅，仰頭按著鼻子。

「不，雖然這也是原因之一……那個，剛才笑了你……」

「……哎，別在意。看到兩邊鼻孔同時流鼻血，我也會笑出來。」

艾莉莎剛才僅止於肩膀顫抖沒笑出聲，政近反倒覺得她很努力了。不過姑且是加害者的艾莉莎似乎還是過意不去，掛著苦惱的表情沉默片刻，然後輕戳政近手臂。

「嗯啊？」

政近就這麼仰著頭只以視線看過去，艾莉莎輕拍自己的大腿開口。

「好了……過來吧？我幫你降溫。」

「咦？」

「剛才買的飲料還是冰的，所以用這個幫你降溫。」

艾莉莎從包包拿出寶特瓶麥茶，再度輕拍大腿。猜到她在暗示什麼，政近不禁僵住了。

「那個，請問這是……俗稱的『大腿枕』嗎？」

「……不要刻意說出來啦。」

「哎呀～～在這種大庭廣眾面前這麼做，我也會不好意思的。」

「這只是醫療行為喔。」

「『醫療行為』這個詞還真好用。」

「真……真是的，好了，別管了啦。」

「呃，喔？」

冷不防被用力拉過去的政近，就這麼倒臥在艾莉莎的腿上。臉頰頓時感受到柔軟大腿的觸感與體溫，政近瞬間停止思考。緊接著，感覺鼻血有再度流出的徵兆。

（慘了，在這時候流鼻血會產生某種奇怪的意味，還會弄髒艾莉的衣服……）

基於各種意義被危機感驅使，政近連忙扭動身體改為在艾莉莎腿上仰躺。

然後，他左耳抵在艾莉莎的下腹部，視野左半邊被雄偉的山脈擋住。

（……哇。）

相當震撼的這幅光景使得腦內發出毫無知性的聲音時，艾莉莎困惑與害羞各半的聲音從山脈後方降下。

「那個，可以再往膝蓋方向移動一下嗎？」

「是。」

依照吩咐慢慢從山脈陰暗處往外移動之後，裹著毛巾的寶特瓶按在臉上。

冰涼的觸感比想像的還要舒服，政近瞇細雙眼。雖然連自己都沒察覺，不過被球打中的部位正在陣陣發熱的樣子。

「……怎麼樣？」

「啊啊，嗯，很舒服。」

政近下意識地這麼回答後忽然察覺，在這種狀況說「舒服」也會產生某種意味。

（啊，不，總之躺大腿確實很舒服，但我剛才不是這個意思……）

雖然在腦中排列這段像是辯解的話語，但是實際說出口只會節外生枝，政近只好保持沉默。就這麼不去意識到後腦勺接觸的大腿觸感，專心把逆流到喉嚨深處的鼻血吞下肚的時候，艾莉莎忽然動了動雙腳。

「……那個，如果會害羞——」

「沒事，沒問題的……」

先不提被寶特瓶遮擋視野的政近，清楚認知到周圍視線的艾莉莎想必很害羞吧。即使如此心想而搭話也立刻被否定。不只如此，只要政近想撐起身體，就會被按住肩膀阻止。政近在這種狀況也只能認命任憑艾莉莎擺布。

「……這麼說來，身體狀況已經沒問題了嗎？」

經過短暫的沉默後被這麼一問，政近在內心感到疑惑。

「這是在說什麼？」

「就是……考試之前，你身體不是好像不太舒服嗎？」

「啊啊……」

連忙如此回答之後，政近暗忖不妙。明明努力隱瞞至今，剛才的回答卻等於全盤招供了。

「當時你果然不舒服吧。」

「啊～～……哎，有一點。」

明白繼續隱瞞下去也沒有意義，政近承認艾莉莎的說法。

其實在考試之前，政近的身體出了一點狀況。

不過說到原因……在於他只顧著照料泡澡泡出問題的有希，自己卻不小心著涼，是這種不方便告訴別人的內容。但是並沒有發燒，而是稍微頭痛的程度，所以他有正常上學，也自認假裝得若無其事。

「只是有點頭痛罷了……真虧妳察覺得到。」

「我當然會察覺喔。」

艾莉莎以理所當然般的語氣如此回答之後，輕聲補充一句話。

【因為我一直看著你。】

（咕呼！）

好久沒聽到的露（Russia）出愛語在這麼近的距離投下，政近差點噴鼻血。他連忙吸回鼻血，吞下血塊，以正經的聲音開口：

「哎，那時候有點掉以輕心……現在已經完全康復，所以不用擔心沒關係的。」

「這樣啊。」

「不過，那個……抱歉。雖然我這麼說只是藉口，不過這次要考進前三十名可能也有點難……」
「沒關係的。」
對於政近的謝罪，艾莉莎如此冷淡回應，然後輕輕撫摸政近的頭。
「因為你……總是身為我的搭檔為我努力。考試成績沒什麼大不了的。」
「是……嗎……？」
大概是因為沒有直接面對面吧。總覺得艾莉莎的話語比平常率直又溫柔，政近在略感困惑的同時也覺得內心變得安詳。
「艾莉，謝謝妳。」
「……」
政近也同樣率直道謝，平穩的沉默持續了好一陣子……
「那個，政近同──」
艾莉莎像是下定決心般開口的這時候，傳來乃乃亞的聲音。
「哎呀呀，阿世你怎麼啦？」
「「！」」
兩人同時被這個聲音嚇到，政近連忙拿開臉上的寶特瓶迅速起身。然後他看著半閉雙眼注視這裡的乃乃亞，順便看著遠方不時瞥過來的路人，在心情上大聲說明：

「不，她只是在幫我冷卻剛才被球打中的部位！對吧！」

政近看向艾莉莎徵求同意，艾莉莎同樣身體一顫，結結巴巴點頭。

「沒，沒錯……那個，我去買新的寶特瓶飲料吧？這瓶已經變溫了……」

「咦？啊，不，用不著繼續冷卻也沒關係哦～？」

艾莉莎沒把政近的呼叫聽進去，慌張站起來之後匆忙離開不知去向。乃乃亞以無法言喻的表情目送她的背影，然後「唔～」地歪過腦袋看向政近開口：

「總覺得我當了電燈泡？」

「不，沒這回事……九宮格那邊比完了嗎？」

政近隨口改變話題之後，乃乃亞維持懶散表情比出勝利手勢輕輕搖晃。

「包括阿哩莎的分，我一個人用十四球搞定。」

「咦，命中率約七成？真的假的，好厲害。」

「還好啦～球類我都滿擅長的。」

乃乃亞平淡說完，坐在艾莉莎剛才坐的位置。

「嗯？妳不去看那邊的狀況沒問題嗎？」

「啊～因為現在是輪到阿光跟玲亞。要是我在場，沙也親會找我聊天吧？我想說這樣的話會妨礙到阿毅。」

聽到乃乃亞隨口這麼說，政近在感到意外的同時皺眉。然後他先確認周圍，再說出一直想找機會問的問題。

「我問妳，這樣沒關係嗎？」

「什麼事～～？」

「假設毅與沙也加順利進展……兩人成為情侶？」

對於政近這段話，乃乃亞沒有特別改變表情。即使如此，政近依然注視著乃乃亞的臉，慎重編織話語。

「不過老實說……我覺得妳不會樂見沙也加交男友。」

「說得更清楚一點吧～～？說你覺得我可能會從中阻撓。」

「……說得也是。」

政近刻意不否定，目不轉睛看著乃乃亞。接著，乃乃亞依然面無表情，只是微微聳肩。

「我不打算從中阻撓喔。如果沙也親會幸福，這樣不是很好嗎？」

「是嗎？」

「嗯。沙也親幸福的話，我應該也會幸福。」

甚至可以形容為犧牲奉獻的這句話，使得政近不禁語塞。乃乃亞斜眼看著認真大吃一驚的政近，輕聲一笑。

「需要做出這～～麼露骨的反應嗎～～？」

「……不，抱歉。我沒想到妳居然會說出這麼惹人憐愛的話。」

「啊哈，阿世說話也很老實耶～～」

「如果惹得妳不高興，我就道歉吧？」

「你早就知道不會惹到我才這麼說吧～～」

乃乃亞只在語尾故意加上不滿的音調，將視線朝向天空。然後她就這麼注視虛空，突然說出毫無脈絡可循的話語。

「玻璃豎琴？是這麼稱呼嗎？不是有一種在玻璃杯裝水發出聲音的樂器嗎？」

「嗯？啊啊。」

「那個樂器啊，如果在同樣形狀的玻璃杯中，倒入等量的水，彼此就會產生共鳴對吧～～」

「……這是在說什麼？」

話題終究過於無關，猜不透意圖的政近歪過腦袋。乃乃亞看都沒看他一眼，平淡說下去。

「我的玻璃杯啊，大概是厚到不行又非常扭曲的形狀喔。」

「！」

此時政近終於聽懂乃乃亞想說什麼，睜大雙眼。

「周圍的玻璃杯再怎麼震動，我的玻璃杯也文風不動。我也試過各種方法哦？但是都不行……再怎麼對玻璃杯施加衝擊……甚至是其他玻璃杯就在前面粉碎，我的水面也沒激起任何漣漪，直到被沙也親賞耳光的那時候哦？」

大概是在回憶當時的事，乃乃亞淺淺一笑，然後以溫柔得驚人的聲音述說。

「沙也親是能撼動我水面的人。我的扭曲玻璃杯也是，只會和沙也親的玻璃杯稍微產生共鳴。所以……如果沙也親變得幸福，我肯定也能變得幸福喔。」

這聽起來是一種表白。乃乃亞的話語甚至令人感覺到某種難以冒犯的神聖氣息，政近倒抽一口氣。

但是……即使如此，政近身為好友戀情的聲援者，還是更進一步發問了。

「如果是為了這個目的，就算沙也加她……有了比妳更重要的人，和妳共度的時間因而減少，妳也不在意嗎？」

「嗯嗯～～？這個嘛……」

對於政近堪稱冒失的這個問題，乃乃亞掃視四周做出思索的舉動，就這樣經過短暫的沉默之後，乃乃亞輕聲一笑。

「到時候……或許我也能理解什麼是寂寞了。」

這副模樣看起來甚至懷抱期待。從這張側臉……政近看見乃乃亞無法和普通人一樣喜悅與悲傷的苦惱。

或許這只是錯覺。或許只是政近的願望令他看見這名少女像是也想要擁有這種程度的人性。不過……

「……」

政近將視線移到腳邊地面，搔了搔腦袋。像這樣稍微猶豫之後，沒看向乃乃亞就逕自開口。

「……總之需要的話，我至少可以陪妳談談哦？」

即使政近愛理不理般這麼說完等待數秒，也沒得到回應。視線瞥向身旁，和意外般睜大雙眼的乃乃亞四目相對，政近立刻撇過頭去。

「因為要是扔著妳不管……發生了在毅內心留下創傷的事件，我也會很困擾。」

政近自己也覺得這樣遮羞很笨拙，朝著反方向看去……忽然間，他感覺自己身旁有一股氣息。緊接著，右手被手臂挽住，政近嚇一跳轉過頭來，發現掛著愉快表情的乃乃亞臉蛋位於感受得到呼吸的位置，他再度嚇了一跳。即使反射性地向後仰，也因為手臂被緊緊抱住所以沒什麼意義。

眼前是在演藝圈也屬於罕見高水準的美少女臉蛋。右手被這名美少女緊緊固定，上臂附近還確實傳來胸部的觸感。明明是這種狀況……令政近心跳加速的卻不是青少年的健全衝動，是對於生物來說最純粹的危機意識。

（怎，怎麼回事？不妙，要被吃掉了？）

明明被頂尖美少女挽住手臂，心情上卻像是被猛獸架住的小市民。身體別說發熱，反而還逐漸冰冷。雖然冷，背部卻是汗如雨下。

「不錯……嗯，不錯耶。」

戰慄的政近當前，乃乃亞眼睛發出燦爛光輝，舌頭輕舔嘴唇。這看起來也只像是肉食動物在舔嘴，政近的危機意識更加被激發。不過乃乃亞這時候將臉湊得更近，以帶著熱度的聲音朝政近呢喃。

「欸，阿世，可以試著揍我一拳嗎？說不定會撼動喔。」

「為什麼啊？」

面對突如其來的異常要求，政近發出半哀號的聲音，然後理解她的意圖而戰慄。

「喂，等一下，拜託饒了我吧。我沒有自信能承受妳的執著。」

「可以嗎？不揍我的話，我就會這麼親下去喔。」

「慢著，妳……真的別這樣！」

政近連忙以左手遮住嘴巴，乃乃亞卻沒有收起妖豔笑容，強烈的危機意識貫穿政近的心臟——

「你們……在做什麼？」

傳入耳中的艾莉莎聲音，使得收縮的心臟用力跳動。轉頭一看，艾莉莎拿著寶特瓶果汁，以錯愕的表情看著這裡。無論如何都無法解釋的這個狀況，即使是政近也不知道該說什麼。然而乃乃亞不以為意般回答艾莉莎。

「嗯？算是正在追求阿世吧？」

「追……追求……？」

「沒什麼關係吧？反正阿世是單身。」

「……，……」

艾莉莎想說些什麼，卻把話語吞回去。看著話語哽在喉頭露出嚴厲表情的艾莉莎，政近稍微冷靜了。

（不……雖然剛才不由得僵住，不過這件事只要我斷然否定就好吧？）

至今所閱讀許多戀愛喜劇作品的修羅場在腦海復甦。在這種場面，主角大致都只會不知所措，惹得女生們不開心。

（沒錯……這種時候之所以會變成修羅場，都是因為男性採取猶豫不決的態度。這種事只要男性清楚說ＮＯ就可以搞定。）

政近如此心想，稍微嘆氣之後重新面向乃乃亞。

「乃乃亞。」

「嗯？」

「不好意思，我基本上不可能把妳視為戀愛對象。容我特地講明，我完全感覺不到妳身為異性的魅力。」

「這樣啊。但是這不構成我不追求阿世的理由吧？」

「這樣啊，這不構成理由是吧。」

沒有搞定。修羅場繼續進行。

（這傢伙真的好強……這傢伙是怎麼回事，簡直無敵吧？）

政近認真思考該怎麼做，想到什麼就一直說出口。

「乃乃亞，妳暫時冷靜一下。這次的目的是要讓毅與沙也加，還有光瑠與玲亞小姐成為好友吧？要是我們變得曖昧就沒空幫他們了吧？尤其是沙也加與玲亞小姐。」

覺得拿出沙也加的名字或許就能阻止，政近就只是在萬不得已的狀況下這麼說服，乃乃亞卻意外地停止行動。她就這麼慢慢眨了眨眼睛，視線轉而朝向虛空。

「說得也是……畢竟已經說好了。」

然後她逕自如此呢喃，輕輕放開政近的手。政近趁機立刻站起來，走向艾莉莎。

「謝謝妳特地買來給我。不過鼻血已經止住了……」

「啊，嗯……」

「不，妳的心意我很開心哦？多少錢？」

「不用了，這種事沒關係啦……」

「不，這是很重要的事。」

「畢竟原本是我踢球打中你……」

「這已經用剛才的大腿枕抵銷了。」

政近情急之下這麼說，艾莉莎隨即稍微皺眉露出不悅表情。政近從這張表情察覺自己失言而語塞。

「真是的，笨蛋！」

艾莉莎哼了一聲，將寶特瓶塞給政近之後轉過身去。

「……好了，回去大家那裡吧。」

「啊，啊啊，說得也是。」

「收到～～」

在艾莉莎的催促之下，政近他們就這麼維持有點尷尬的氣氛，走向九宮格遊戲區要和另外四人會合。結果……

「光瑠先生好厲害喔～您也很擅長踢足球吧～～？」

「啊哈哈，謝謝……」

「抱歉，沙也加同學，我今天狀況好像不太好……」

「我也完全沒踢中，你不必道歉。」

該處是緊抱著光瑠手臂的玲亞，以及垂頭喪氣向沙也加道歉的毅。看見這幅光景，政近在內心全力大喊。

（怎麼輸了啊！）

就這樣，敗北的毅與沙也加被送上大怒神——然後毅死掉了。

◇

「真是的……早知道會是這個結果的話應該拒絕吧？雖說是懲罰遊戲……」

看著坐在長椅無力低頭的毅，沙也加有點傻眼般說。

毅在大怒神完全失魂落魄，等待他復活的這段期間，其他人去搭乘附近的摩天輪。

陪著毅留在這裡的沙也加，決定趁這個時候說出內心一直在想的事。

「說起來……既然害怕這種尖叫設施，先說一聲不就好了？因為除了遊樂園以外還有很多地方可以玩。」

「……沒有啦，畢竟大家看起來很期待，而且我也覺得自己都升上高中了，所以應該沒問題。」

毅慢慢抬起頭無力一笑，沙也加嘆了口氣。

「真是的，總是以周圍的人為優先……這種個性很吃虧。」

「……沙也加同學，妳在這方面不是也一樣嗎？」

「？」

被回以完全出乎預料的這句話，沙也加眉頭深鎖。接著毅慢慢站起來，筆直看著沙也加開口。

「妳總是以整合周圍的人們為優先……完全沒表現自己吧，沙也加同學？」

意想不到的這段話，使得沙也加目瞪口呆。

然後她從毅的雙眼移開視線，輕推眼鏡，就這麼面向前方開口。

「……因為這麼做在整合眾人的時候比較方便。想要以私情操縱周圍的人，不會受到人們的信賴。」

在沙也加的心目中，能夠帶動他人的工具是理與利。合理與利益。沙也加徹底鑽研這兩項工具，在團體裡發揮領導能力至今。

「情感」這種東西和「合理」相反，所以不需要。雖然會考慮卻不會重視。即使被任何人說冷血，沙也加也不打算改變這個作風。

（哎，不過這麼做的結果，我敗給了以「心」帶動他人的艾莉莎同學……簡直只是陪襯用的補師。）

沙也加在內心稍微自嘲，露出挖苦的笑容。然而此時一句意想不到的話語傳入她耳中。

「好厲害……」

像是打從心底佩服的這個聲音引得沙也加皺眉轉身一看，毅以慌張的模樣辯解。

「不，那個……！像這樣徹底壓抑自己，重視周圍的和諧……我覺得正常來說根本做不到。所以那個，該說厲害嗎，我覺得妳好溫柔……」

「……」

毅害羞般搔著臉頰說出的這段話，使得沙也加睜大雙眼，就這麼目不轉睛注視毅，毅隨即像是禁不住害羞般面向前方。沙也加也像是被帶動般面向前方，反芻毅的話語之後輕聲開口。

「……我第一次被別人這麼說。」

回想起來就發現，周圍人們對她的個性都是「冷血」或「無趣」這種評價。即使會被稱讚能力，也幾乎沒有被稱讚個性的經驗。

正因如此，所以毅的話語對於沙也加來說很新穎，造成恍然大悟般的衝擊。此時毅略顯顧慮般說下去。

「在校慶也是，女僕咖啡廳這個企劃就妳看來應該不會接受，妳卻完全沒露出抗拒表情努力經營……我覺得好厲害。」

「……」

聽到毅這麼說，沙也加默默輕推眼鏡。我之所以努力是因為躍躍欲試，因為相當盡情享受了女僕長這份工作。抗拒的表情？沒這回事喔，因為我是宅女。

沒察覺沙也加內心的這份想法，毅吞一口口水之後開口。

「不過，那個，我們是朋友……所以至少在和這些成員相處的時候，稍微表現一下自己，應該說自我？稍微表現出這種東西也無妨吧，我是這麼想的……」

「『自我』是嗎……」

「嗯，沒錯沒錯，比方說妳想做的事？更加積極表示也沒關係的，妳看，像現在不是只有我在這裡嗎？妳想做什麼我都可以陪妳做哦？類似這樣。」

毅有點打趣般快速說出這種話，引得沙也加輕聲一笑。然後她就這麼掛著難得一見的笑容，從長椅站起來向毅開口。

「那麼既然有這個機會，你就陪我一下吧？」

「啊，喔，好！包在我身上～～！」

看見沙也加的微笑僵住數秒之後，毅站起來了。就這樣，兩人維持著比以往還要和樂的氣氛，並肩踏出腳步。

◇

「咦？在那裡走在一起的……是不是毅與沙也加？」

從摩天輪窗戶觀察下方的政近開口發問。聽到他這麼說，坐在政近正對面的艾莉莎也看向該處，確實看見像是毅與沙也加的人影走在一起不知道要去哪裡。

「哇，雖然原本很擔心……不過再怎麼說還是進展得很順利嗎？」

「……」

政近略感意外的同時像是放心般這麼說，艾莉莎目不轉睛看著他。在腦海重現的是朝光瑠發動攻勢的玲亞，以及剛才挽住政近手臂的乃乃亞身影。

（戀愛是這麼美好的情感嗎？）

不是瞧不起也不是傻眼，艾莉莎是純粹這麼想。

至今艾莉莎的周圍也不是沒人在談戀愛。統也與茅咲不在話下，校慶前後的校內也出現連艾莉莎都感覺得到的戀愛氣氛，就在自己身旁的姊姊也是一直寄情於數年前分開的對象。

即使如此，艾莉莎還是對戀愛沒興趣。不過像這樣看見連朋友們都愛人或被愛的光景……就覺得好像只有自己一個人被遺留下來。

（我在想什麼啊……自己是自己，別人是別人吧？戀愛這種事不必著急。）

說起來，艾莉莎至今沒想過要談戀愛。

因為她不認為自己會被誰奪走芳心，也不認為自己需要什麼戀人。

（可是……）

原本以為一直獨來獨往就好的自己，如今像這樣和朋友們一起出遊，而且率直覺得這樣很快樂。那麼……戀愛這種情感或許比艾莉莎想像的還要美妙。

（即使是我……也能理解嗎？叫做戀愛的這種情感。）

既然是這麼美妙的情感，可以的話，艾莉莎想要理解。

之所以會這麼想，肯定是因為……目擊政近被乃乃亞追求的那副模樣吧。

毅與沙也加，光瑠與玲亞，政近與乃乃亞。假設這些人都順利進展，艾莉莎會變成孤單一人。正因為這麼想，所以艾莉莎懷著不知如何是好的焦躁感。

（雖然政近同學剛才斷然拒絕乃乃亞同學……）

不過這是因為……政近也有這種對象。強烈愛慕的對象。

這個事實，艾莉莎是在秋嶺祭聽過政近彈奏的鋼琴得知的。

（啊——）

忽然間，政近俯視朋友們的側臉，和政近當時的表情重疊。

他的表情既溫柔又悲傷……就像是胸口被緊緊揪住一般，使得艾莉莎不由得探出了上半身——

「唔喔？」

「！」

車廂驟然搖晃，艾莉莎回過神來，差點探出去的身體也坐回椅子上。

「喂喂喂，不要突然這樣啦……害我嚇了一跳。」

看見政近為難般稍微笑著這麼說，艾莉莎停頓好幾拍之後，一如往常般露出惡作劇的笑容。

「……哎呀，這種程度就嚇到嗎？嘿！」

「唔哇！」

艾莉莎猛然向後壓讓車廂搖晃，政近隨即伸直四肢保持平衡。這副模樣很有趣，艾莉莎再度搖晃車廂。

「慢著，住手，很危險啦！」

「呵呵，啊哈哈！」

就這樣，艾莉莎像是孩子般……也隱約像是強顏歡笑般的惡作劇，一直持續到車廂回到地面。

◇

「那麼，他們兩人去了哪裡呢……」

「手機沒特別收到通知耶。」

「我也是～～」

「也就是說，應該沒有跑太遠才對……」

離開摩天輪的五人走在遊樂園內，尋找不知道去了哪裡的毅與沙也加。考慮到說不定兩人氣氛正好，所以刻意不打電話，用走的尋找他們。眾人就這樣朝著政近在摩天輪目擊的方向走了幾分鐘。

「啊，找到了。」

發現兩人的地點是……在美食區一角井然有序排列的轉蛋區。

「再來是粉紅色……？不對，這是綠色……唔～～再兩次，不，三次……」

沙也加緊貼在轉蛋機側面，看著內部不知道在嘀咕什麼。她的腳邊是裝著大量轉蛋殼的籃子。看見沙也加不知為何完全開啟阿宅模式的模樣，艾莉莎與光瑠愣在原地，政近也短暫恍神。

（……慢著！）

但是政近立刻回過神來，慌張跑到毅的身旁。

「呃，喂，毅，這是……」

好友看見心上人不為人知的這一面，不知道該說什麼的政近觀察他的臉——

「啊啊，政近你看……沙也加同學看起來超快樂的。」

「……你很了不起，真的。」

毅隱約以清澈的笑容注視沙也加，政近由衷懷抱敬意，將手放在他的肩膀。

第5話 想塑造角色形象就拋棄羞恥心吧

「那麼，接下來是參考校內問卷決定運動會的競賽項目……不過在這之前，有件事要報告一下。」

在期中考後的第一次學生會，統也這麼說之後瞥向茅咲。

「風紀委員會在前幾天做出決定，秋嶺祭至今出缺的風紀委員長職務……將由茅咲就任。預定在下次的朝會正式公布。」

對於統也的報告，除了大概已經事先得知的瑪利亞，另外四人一齊睜大雙眼。其中的有希靜靜舉起右手發問。

「所以更科學姊要兼任學生會副會長與風紀委員長……請問是這個意思嗎？」

「是這樣沒錯。雖然明顯是特例，不過沒有其他人適任，所以也沒辦法。」

統也打從心底像是「無可奈何」般聳肩……應該說垂肩。政近確實也嚇了一跳，不過冷靜想想就覺得可以接受。

在校慶發生騷動時率先鎮壓的風紀委員會，目前在學生之間受到英雄級的待遇。站在最前線的堇也在原本的人氣輔助之下完全被視為救世主。如果她成為風紀委員長，學校的秩序與和平也等於已經獲得保護……大多數的學生都會這麼想吧。

然而那場騷動的主犯不是別人，正是堇的親人雄翔。實際上把這件事視為問題的學生是極少數，不過堇自己以這件事為理由堅決推辭風紀委員長一職。然而另一方面，也沒有學生能取代堇就任風紀委員長並且讓所有人接受。除了某人。

（對喔……雖然在身為學生會副會長的時間點就排除在候補名單之外，但如果是更科學姊就能讓大家接受吧。）

茅咲自己在那場騷動也大顯身手，不過最重要的在於風紀委員會正是由茅咲改造為現在的武鬥派集團。原本茅咲應該和國中時代一樣在二年級的時候成為風紀委員長，卻接受統也的邀請進入學生會，由堇繼承她的意志。反倒可以認定在茅咲成為風紀委員長之後，風紀委員會將回復為本來的樣貌。

「既然是這麼回事……那個，恭喜學姊？應該這麼說嗎？」

政近猶豫是否可以鼓掌，交互看著茅咲與統也。茅咲隨即也像是不知道該如何反應般含糊笑著歪過腦袋。

「唔～～這可不一定吧？總之，我實際上是榮譽顧問？類似這種感覺，實務方面應該會交給堇……不過就算這樣，來學生會的頻率或許多少會減少？」

「啊啊，會長表情看起來五味雜陳是這麼回事……」

「啊哈，沒錯沒錯。真是的，有夠可愛。」

茅咲咧嘴一笑，以拳頭用力按在看起來有點無精打采的統也肩膀轉動。統也的制服發出快被撕裂的哀號。

「咳咳，總之就是這麼回事……那麼，開始決定競賽項目吧。」

統也把皺成漩渦狀的制服拉平並且如此宣布之後，幹部們低頭看向手上的資料。上面井然有序列舉了以校內問卷徵得的運動會競賽項目名稱與概要。

「比方說一百公尺短跑或是四百公尺接力賽，歷年進行的傳統競賽已經寫在那裡的白板給各位看了。我希望可以選出不會重複，稍微特別的競賽項目，但是……」

「……上頭明顯有一些不只是『稍微特別』的競賽項目耶。」

聽到政近的吐槽，眾人一齊露出苦笑，然後紛紛開始挑出明顯是搞笑走向的競賽項目說出口。

「這個『瀑布修行』是什麼？要從哪裡搬瀑布過來啊？」

「這個『劍舞』絕對是受到校慶的影響吧？」

「『高速吃刨冰比賽』是什麼……？」

「『倒立二十公尺賽跑』……說起來，有人跑得到終點嗎……？」

「那個，裡面還有『相撲』這個奇特過頭反而覺得還OK的競賽項目……」

「嗯，總之這些還算好的，不過……」

在大家熱烈討論的時候，統也掛著難以言喻的表情開口。

「這個『對打』或是『肉搏戰』什麼的，感覺比起競賽更像訓練的候選項目……這果然是……」

除了統也舉出的例子之外，看到資料各處也有令人想吐槽「這是軍隊嗎」的各種競賽項目，其他人都露出微妙的表情。他們隱約知道這些項目被列舉出來的原因，所以內心更是複雜。

其實在秋嶺祭之後，學生之間對於武道的關注度增加了。其中活躍程度特別搶眼的劍道社，聽說因為在這個時節才想入社的人蜂擁而至所以忙得不可開交。由此可知那場騷動在各種意義造成的影響就是這麼大吧。

在快樂的校慶期間發生的暴力事件。對於性格柔弱的學生來說造成心理創傷也不奇怪的那個事件裡，同樣身為學生卻勇敢前去壓制入侵者的風紀委員英姿，給予許多學生強烈的印象。愈是感受到自身多麼無力的學生受到的震撼愈大，現在征嶺學園正掀起空前的護身術風潮。

「這也是那件事的影響嗎……唔～總之，比起因為受到精神上的打擊而影響到校園生活，現在這樣健全得多嗎……

統也嘴裡這麼說卻還是稍微歪過腦袋，茅咲聳肩補充說明。

「哎，關於這個運動本身，保健老師與輔導老師也建議這麼做。實際上，好像已經沒有學生說自己的身心狀況出問題了耶？」

「這樣啊，那就好……畢竟俗話說健全的精神寄宿於健全的肉體。」

「沒錯沒錯。」

茅咲滿意般頻頻點頭。政近斜眼瞥向她，輕聲開口。

「『原本訴說內心的不安，性格細膩又嬌弱的女友，在進入女子劍道社之後成為心態強健的戰鬥民族』……我有聽其他男生哀怨說過這種話。」

「…………能夠發現女友新的一面，這不是很好嗎？」

「問題在於原本的那一面從此消失吧？」

茅咲不由得移開視線，政近賞了她一記白眼。實際上，親耳聽到別人說出：「她原本是鍾愛花朵的溫柔女孩，再怎麼樣都不是看見玫瑰的刺會說出『脆弱……以為這個樣子就能自保嗎？笑死我也』這種話的女孩。」——如此悲哀話語的政近，很想詢問事情為什麼變成這樣。

「不，我又不是社長……而且指導社員是堇的工作？就算找我抱怨也有點……」

「那位堇學姊變成那種感覺就是因為更科學姊吧？我知道哦？堇學姊在入學當初是和暴力無緣的典型大小姐。」

「啊，啊哈哈～～……算是吧。」

大概是有所自覺吧，茅咲尷尬般移開視線……低頭看向資料明顯故意轉換話題。

「啊，也有『鋼縫之行』這個項目耶，超懷念的～～」

「嗯？那是什麼？」

「啊啊，那是在《終末之霸道傳》這部知名漫畫出現的修行方式……」

「漫畫？是喔～～原來如此。」

政近的回答引得瑪利亞不經意抬頭……在四目相對的剎那游移視線再低頭看資料。看到她做出這種反應，連政近都覺得靜不下心。

（可惡，明明努力讓自己不去注意了……）

知道自己內心在躁動，政近也將視線移回手上的資料。沒察覺兩人的這副模樣，坐在正對面的茅咲感慨開口：

「哎呀～～真的好懷念，我也做過這種修行喔。」

「咦，真的嗎？」

政近把握這個好機會發問，茅咲隨即笑著點頭。

「真的真的，首先要拿出平底鍋以及針線包……」

茅咲這麼說之後，看向頭上冒出滿滿問號的瑪利亞加以解說。

「啊啊，這裡寫到的『鋼縫之行』，是這部漫畫的主角所進行，觀看力道流向的修行方法……『這個世間的萬物都有氣的流動。只要看透這種流動，在正確的場所朝著正確的方向施力，那就連力量都不需要了，即使要以針線縫鋼板也輕而易舉』這樣……」

「當時很流行耶～雖然我沒有追連載，但我記得看到那位師父的鎧甲繡上老虎的時候，我覺得超帥的。」

「我也這麼覺得。你想想，我看那部漫畫時，剛好是想要改變自己的時期……所以完全被影響到了。」

「啊啊，您是在魔改造……修行？的時候看的嗎？」

「沒錯沒錯。說巧不巧，那是讓又矮又缺乏肌力的主角變強的鬥法對吧？我覺得很適合當時沒什麼力氣的我……所以在那之後，為了看得見氣的流動，我每天都在凝視平底鍋。」

「您做過這麼久的修行嗎？」

「記得持續到國中吧。」

「做得比我想像中還久！」

「沒錯，後來進入國中，我得知了震撼的事實……氣的流動不存在於無機物。人類的眼睛不可能看得見這種東西。」

「我反倒想說，真虧您不知道這種事還進得了征嶺學園。」

「我得知這個事實之後錯愕到不行……心想『那我現在看見的「這個」是什麼！』這樣。」

「居然看得見！」

「沒想到更科學姊居然是氣洞鬥法的使用者……」

「咦？有希學妹妳知道？」

「啊啊，不，我是在小學時看過班上男生熱烈討論……」

震撼過度的有希差點曝露自己的宅屬性，政近見狀隨口回到正題。

「嗯，總之除了更科學姊應該沒人做得到，所以這個競賽果然不予採用。」

「不，我也沒辦法用針線縫鋼板啊？」

「啊，終究不行嗎？」

「嗯。雖然針本身穿得過去，但是線會在針孔那裡結球卡住。那個該怎麼處理？」

「該不會是線和針頭融為一體了吧～～？」

「啊啊對喔，原來如此。」

「換個話題，這個『班級對抗骨牌賽』似乎挺有趣的吧？」

「看起來很有趣……但是在戶外排骨牌不是很難嗎？畢竟會被風吹倒。」

「而且如果地面是沙地，骨牌根本立不起來吧？」

「嗯，說得也是。」

統也這麼說之後，其他幹部很有默契地開始認真討論。嚴禁吐槽問卷內容。

「這個『健康步道賽跑』怎麼樣呢～？」

「那個的話，採用為障礙賽跑的障礙物之一就好吧？」

「說得也是。不過這麼一來，賽跑的時候必須脫鞋……這部分怎麼辦？」

「細節我覺得直接扔給運動會執行委員會就好吧？我個人也對『健康步道賽跑』感興趣，不過要準備幾十公尺的健康步道地墊應該很辛苦……當成障礙賽跑一部分的這個提案我也贊成。」

「這樣啊～說得也是～」

「『舉沙袋』在去年也把氣氛炒得很熱烈，應該可以採用吧？」

「是啊，而且也可以和其他的競賽項目同時進行。」

「說得也是。」

「這個『服務生賽跑』請問各位覺得如何？」

「服務生……啊啊，這個嗎？拿著放有玻璃杯的托盤賽跑……慢著綾乃，這妳肯定一馬當先吧？」

「啊哈哈，確實。不過感覺挺有趣的吧？準備工作也很簡單。」

「是啊～～如果賽跑類的競賽項目不夠，要採用也沒問題吧？」

像這樣大致決定競賽項目，討論告一段落的時候……有希忽然開口：

「話說回來，關於今年的出馬戰……」

有希不經意說出的關鍵字，使得政近與艾莉莎反射性地提高警覺。

有希以雕塑般的笑容看向同時顫動眉角的兩人，詢問統也。

「出場的只有我與艾莉同學對吧？」

「嗯？啊啊，沒錯。」

「既然這樣……要怎麼做呢？」

說完開場白，笑咪咪的有希「啪」一聲合起雙手發言。

「一對一的話一下子就比完了，不然今年的出馬戰要不要各派三隊進行團體戰？」

這個提案聽起來只像是純粹在意運動會的熱烈程度。實際上，「一對一的話不足以炒熱氣氛所以改成團體戰吧」這個提案本身極為正當。然而……這個提案對於政近與艾莉莎而言是百害而無一利。

（這傢伙……！明知我們連十個幫手都湊不到還這麼說嗎？）

騎馬隊共三隊，也就是雙方分別需要十二名參賽者。除去已經答應的沙也加與乃乃亞，還必須找到八名幫手。要找到這麼多有力的支持者，對於前國中部學生會長有希來說很容易，對於轉學生艾莉莎來說卻很困難。

（雖然也可以用我的人脈找齊……但是這樣就沒什麼意義了。可惡，居然出這種討厭的招數！）

即使內心忿恨不平，政近依然面不改色迅速反對。

「一對一的話確實一下子就會比完，不過這樣的話比三場不就好了？先拿下兩勝就可以清楚分出勝負，我覺得這樣就足以炒熱氣氛了。」

「比三場在體力這方面終究很辛苦吧？假設是因為落馬結束回合，可能會難以繼續比賽。而且……」

有希立刻反對政近的提案，將手按在臉頰下垂眉角。

「……我與綾乃，艾莉同學與政近同學，彼此的體格差距太大，應該無法進行對等的對決。單方面壓著打的比賽才真的不足以炒熱氣氛吧？如果是團體戰，就可以營造出『依照戰術似乎有機會取勝』的氛圍，我覺得這樣恰到好處。」

（這……這傢伙，居然自己說這種話！）

有希光明正大地以自身陣營的不利為後盾，政近在內心咬牙切齒。被她這麼一說，無論政近與艾莉莎怎麼反駁，看起來都只像是想要欺負弱者。而且……聽到「無法進行對等的對決」這種話，場中的運動員可不會悶不吭聲。

「確實，有希學妹說得很中肯。這樣的身高差距終究不公平。」

正如政近……以及有希的預料，茅咲點頭這麼說。選戰有著「學生會長與副會長不能干涉學弟妹的會長選舉」這項不成文規定，實際上統也就依照這個規定保持沉默，不過茅咲純粹是依循運動員精神在發言吧……但也可能單純是不在意這項不成文規定，甚至可能沒察覺這段發言可能干涉到下屆會長選舉。

無論如何，副會長支持有希的提案是一大助力。

（不妙，明明是對方的提案打破現有規定，風向卻逐漸變成我們才是反派。）

危機感令政近感到焦急，但是在這時候，沉默至今的艾莉莎開口了：

「瑪夏妳覺得呢？」

這句話點醒政近。

（對喔，這時候應該拉攏瑪夏小姐。瑪夏小姐願意站在我們這邊的話……）

政近懷著期待看向瑪利亞，她我行我素地將手指按在嘴邊。

「『出馬戰』是那個吧？會長參選人進行的騎馬戰……艾莉預定和誰一起上場？」

「……姑且預定找沙也加同學與乃乃亞同學。」

有點在意有希與綾乃那邊的艾莉莎如此回答之後，瑪利亞鼓起臉頰。

「咦咦～～！為什麼不找我呢？騎馬戰我也想玩玩看啦～～！」

「咿？」

這段發言正面毀掉政近與艾莉莎的盤算，使得政近大吃一驚。而且有希沒放過這個機會，立刻拉攏瑪利亞。

「哎呀，既然瑪夏學姊這麼說，改成團體戰果然比較好吧。畢竟這麼一來瑪夏學姊也可以參加。」

「啊，對耶～～我覺得這樣很好。你們兩人也贊成嗎～～？」

有希像是計畫成功般揚起嘴角，茅咲正經八百地點頭，瑪利亞則是露出毫無心機的笑容。面對這三人，政近與艾莉莎理解到自己敗北了。

◇

「可惡，中招了……」

「這是沒辦法的……實際上，改成團體戰的這個提案本身也有道理。」

學生會結束之後，回到教室的政近與艾莉莎在自己的座位面對面，進行關於出馬戰的緊急會議。

「可是該怎麼辦？事到如今也找毅與光瑠加入，請『Fortitude』的四個人組成一隊吧……但是除了瑪夏小姐還需要五人啊？」

「也對……」

「妳心裡有什麼人選嗎……」

「……」

即使不抱期待這麼問，艾莉莎也只有默默移開視線。政近也早知如此，所以沒多說什麼繼續思考。

「……事情演變到這個地步乾脆不講武德，找實力派成員組隊吧？」

「找實力派成員？」

「就是去運動社團找高個子的男生參賽，這樣的話無論對方找誰參賽，我們都不會輸。雖然知名度的問題只能置之度外，不過如果可以找籃球社，我有幾個應該會幫忙的人選——」

「我絕對不要。」

中途打斷話語的這句堅定拒絕，使得政近不由得目瞪口呆。

「……為什麼？」

「問我為什麼……」

對政近這個純粹的疑問，艾莉莎欲言又止游移視線，然後看著斜下方不滿開口：

【為什麼一定要讓你以外的男生摸我？】

「！」

冷不防的這句俄語令政近差點岔氣。政近拚命忍住，趁著艾莉莎移開視線的時候全力繃緊臉部肌肉。

（妳，妳啊啊啊啊——！妳怎麼，怎麼會說出這種話啊啊啊——！）

政近在腦中發出毫無字彙能力的吶喊，咬緊牙關。然後他勉強裝出有聽沒有懂的表情詢問艾莉莎。

「妳說什麼？」

「……我說我不要和不太熟的男生組成騎馬隊。」

「……不，雖然這麼說，但是如果當馬的三個人都能找到男生擔任，我們就占了很大的優勢……」

「我調查過了哦？騎馬戰的四人騎馬隊，騎手要坐在後面兩人的手臂或肩膀上吧？換……換句話說就是……後面的兩人會摸到我……我的屁股……」

說到這裡，艾莉莎像是一陣發毛般抱住自己的身體，然後視線猛然變得犀利，像是要咬人般大喊。

「不要！我絕對不要！」

「（是因為潔癖嗎～～）」

學校男生聽完可能會覺得「不必說到這種程度吧……」而消沉的這句激烈抗拒，使得政近輕聲吐槽。然而實際上這部分可能會成為問題。

（確實，不擅長自制的男生可能會被艾莉迷得神魂顛倒而派不上用場嗎……無論如何，既然艾莉抗拒到這種程度就不能強迫了。）

政近稍微聳肩，再度重新思考。

「那麼，瑪夏小姐照理來說就放在我們的騎馬隊……瑪夏小姐應該也這麼打算吧。至於剩下的五人……」

然後兩人進行討論，暫且決定了四個候補人選。

「嗯。總之包括毅與光瑠，這六個人我明天就去探詢意願……但是在我們這一隊當馬的另一個女生要找誰呢……」

此時政近列舉了數名在校內具有知名度與影響力的女學生。

「……總之，有名的大致上就是這些了……有妳認識的人嗎？」

「有幾位在學生會活動的時候見過……但是連點頭之交都稱不上。」

「哎，高年級都是這樣吧。」

原本就完全不抱期待，所以政近也很乾脆地點頭回應。然後他躺在椅背伸懶腰仰望天花板，苦惱地歪過腦袋。

「嗯？」

「……那個人怎麼樣？」

「唔～～該怎麼辦呢～～……」

政近下移視線一看，艾莉莎結巴說下去。

「那個……手工藝社的……」

「……啊啊，開衩大姊大？」

「對……話說多虧了你，我一直不知道她的本名耶？」

「真要說的話是第十八號。」

「啊？」

「沒事。總之開衩大姊大是開衩大姊大，所以這樣就好。」

「一點都不好吧？」

政近把艾莉莎賞白眼的吐槽當成耳邊風，雙手抱胸。

「唔～～這個嘛……感覺只要拜託就會答應，但是開衩大姊大在高年級的知名度也就那樣而已。不過低年級有很多人認識她……考慮到知名度或是身高之類的還是必須找二年級，可以的話最好找三年級的女生嗎……」

「……我幾乎不認識高年級啊？願意支持我的人就更少了……」

「哎，這部分用我的人脈想辦法解決就好……」

「這樣的話——」

「即使有一兩個『我的支持者』也沒關係吧？因為包括瑪夏小姐在內，其他的幫手都是妳的支持者。」

政近朝著不滿意般開口的艾莉莎這麼說，艾莉莎默默思考約十秒之後，像是不情不願般點頭。

「也對，總之只有一兩個的話……」

「嗯。雖然這麼說，對方和妳完全不認識也不太好……唔～～妳也認識，而且可能願意支持我的人……還必須是有點知名度的女生……」

思考片刻之後，這個條件的嚴苛程度令政近低聲苦惱。

「很難耶……說來遺憾，基本上我的支持者也等於是有希的支持者……如果要找不支持有希而是支持我的人……」

「果然是這樣吧……」

「嗯……我想想，妳認識花道社副社長的喜多川學姊嗎？」

「咦？……不認識，但是說不定曾經見過……」

「這樣啊……那麼，排球社三年級的金澤學姊呢？個子超高的那位。」

「有見過……但是沒說過話。」

「那麼……文藝社二年級的南濱學姊呢？短頭髮矮個子，戴紅色眼鏡的……」

「……不認識。」

「唔～～這樣啊……」

就在這個時候，政近察覺艾莉莎的視線溫度驟降。

「……艾莉，怎麼……了？」

「什麼事？」

「沒有啦……感覺妳的眼神很恐怖。」

「還好啊？只是覺得你這個搭檔很可靠。」

說完之後，艾莉莎慢慢雙手抱胸，雙腳交疊，然後露出眼睛完全沒在笑的冷笑催促他說下去。

「請繼續吧？除此之外還想得到哪些女學生嗎？」

住。

「……不，暫時只有現在這三人。」

這是謊言。其實還有想到一人。但是政近直覺認為繼續說出來很危險，決定就此打

「是哦？」

艾莉莎露出懷疑般的表情，目不轉睛注視政近數秒之後聳肩。

「哎，算了。」

聽到這句話，政近鬆了口氣——

「那麼，說明你和剛才這三人成為好友的經過吧？」

「咦？」

「剛才提到的三個人，你是以哪件事為契機，怎麼和她們成為好友的？」

「……這很重要嗎？」

「是的。我想當成增加支持者的方法做個參考。」

真是勤勉又可嘉的發言。前提是她的雙眼沒露出審問嫌犯的警察眼神。

「那個，喜多川學姊是……總之算是體驗一下吧，當時有一個接觸花道的機會，我的插花成品得到她的賞識……後來就變得會簡單交談的感覺。」

「這樣啊。」

「金澤學姊是……我因為學生會的工作前往體育館的時候，她的殺球湊巧直接打中我的頭……」

「是喔……嗯？」

「後來造成輕微的腦震盪……因為她的責任感很強，所以非常關心我……就這樣聊著聊著就成為好朋友的感覺？」

「唔，嗯。」

「南濱學姊的話，總之是輕小說的嗜好跟我很合，所以成為好朋友的感覺。」

「……是喔。」

聽完政近簡略說明的艾莉莎，不知為何輕聲露出誇耀勝利般的笑容。

【我比她們戲劇化。】

（這是在說啥？）

政近正色投以一個問號，然後不以為意說下去。

「所以，怎麼辦？先問這三個人看看嗎？」

聽到政近這麼問，艾莉莎驟然停止動作，面有難色。苦惱約十秒之後，像是從緊咬的牙關擠出聲音般問。

「順便問一下，男生的話有什麼候補人選嗎？」

「咦？並不是沒有……但妳剛才說不要男生……」

「以防萬一啦，以防萬一！」

「咦咦～那就真的是我剛才說的籃球社學長了……」

政近就這麼被問得提出幾個候補人選，卻果然沒有艾莉莎認識的名字。艾莉莎露出有苦難言般的表情沉默不語。

「所以……怎麼辦？」

總覺得艾莉莎內心似乎非常糾結，政近戰戰兢兢這麼一問，艾莉莎先是咬牙切齒，然後慢慢開口——的這個時候。

「喔，找到了找到了。喂～久世學弟♪」

傳來拉門打開的聲音之後，有點做作的撒嬌聲在教室響起。

兩人同時轉身一看，一名將長長黑髮綁成馬尾的女學生大幅揮手接近過來。擁有凹凸有致的超群身材，感覺有點短的裙子底下毫不吝惜展現修長美腿的她，制服蝴蝶結是象徵三年級的藍色。她的容貌宛如偶像般充滿開朗與可愛，一看就覺得是活潑又隨和的美少女……然而政近對她的反應是有點疲憊般的微微苦笑。

「咦咦～等一下這個反應是怎麼回事啦～～依禮奈學姊我受傷了～～」

「哎呀……學姊的陽角氣場一口氣砍掉我大半的ＨＰ……」

「啊哈，說這什麼話啦～～久世學弟不會在意這種事吧～～！」
「哈哈哈，想說基於阿宅的制式美學，遇到陽角起碼要嚇一跳才行……」
頻頻被用力拍肩的政近，以讀稿般的語氣如此回應。接著女學生原地轉身面向艾莉莎，露出親切的笑容開口：
「喔，抱歉突然打擾一下，艾莉莎學妹，方便稍微借用久世學弟嗎？」
「啊，好的，名良橋學姊……」
「討厭啦，要叫我依禮奈學姊喔。」
「啊，那個……」
「學姊，艾莉是真的會被陽角嚇到的人，所以請手下留情。」
「真的？抱歉抱歉我裝熟了嗎？」
「不，沒關係的……依禮奈學姊。」
「什麼嘛艾莉莎學妹完全有搞頭耶。好，那麼乾脆直接用名字稱呼吧？」
「拉近距離的方式有問題。」
「喔，讚耶～～吐槽還是一樣這麼讚。」
政近伴隨冰冷視線稍微用力吐槽之後，女學生哈哈笑著豎起大拇指。
她的全名是名良橋依禮奈。征嶺學園三年級，是管樂社的社長……而且無須隱瞞，也是上一屆的學生會副會長。因為這個緣分，所以她至今也時常造訪學生會室，稍微捉弄學弟妹或是幫忙處理業務或是只喝杯茶就離開。在先前的秋嶺祭，她以校慶執行委員會副委員長的身分活躍。

（親切又很照顧人，所以聽說管樂社的學弟妹很仰慕她……何況她是前任副會長，所以算是擁有聲望的人，不過……）

「哎呀～在這所學校會對我犀利吐槽的學生非常稀少喔～沒問題沒問題，多來幾下！不必在意我是學姊盡情吐槽我吧？啊，想要盡情督操我的話就免了哦？」

「品性！」

「啊，不妙，學弟的冰冷視線好像要讓我醒悟某種東西了。」

「自己的愚蠢嗎？」

「這就是……開悟……？我的眼睛現在被擦亮了……慢著，怎麼能開悟啦～～！我被拿走性慾的話還剩下什麼？」

「食慾與睡慾。」

「那我不就是三大慾望的化身了嗎……」

「開玩笑的。會剩下財富、聲望以及漂亮的依禮奈學姊。」

「嗚，怎麼這樣……！……咦，不是壞事？」

「我覺得反倒是好事。」
「這樣啊，那麼……慢著，我可不會開悟哦？」
「我不奢求學姊開悟，不過稍微穩重一點也無妨吧？」
「我～不～要～我還想繼續玩女人。」
「居然說玩女人……」
「嗯～真讚的吐槽。讚喔～」
依禮奈發揮了連妹妹模式的有希都會嚇到的性騷大魔神模樣，政近不禁投以冷淡的視線。
「這麼想被吐槽嗎？」
政近以冰冷的聲音這麼問，依禮奈隨即笑嘻嘻地故意扭動身體。
「咦咦～？怎，怎麼這樣～說得我好像慾求不滿……」
「我不是說『督操』。」
「啊哈哈……沒有啦，因為……你懂吧？」
依禮奈害羞搔了搔腦袋，以像是浮貼在臉上的笑容開朗說明。
「這所學校裡，都是面帶笑容無視於搞笑的紳士淑女，不然就是個性特殊到令我必須改為負責吐槽的奇妙孩子，所以能讓我心無罣礙負責搞笑的對象非常稀少。」

「明明別在意這種事徹底搞笑就好……還不是因為妳本性很正經……」

「慢著，不准說我本性很正經！不是啦～～依禮奈學姊我……更正，色情奈學姊我是破天荒的色色大姊姊啦～～」

「但我完全沒聽過妳的花心事蹟。」

「這部分你想想，因為色情奈學姊我不是會被特定對象束縛的女人？」

「好的好的，要以這種角色設定進行下去是吧？色情奈學姊。」

「不准說是設定！」

依禮奈「嗚嘎～～」地火冒三丈，政近投以更加冷淡的眼神，然後進入正題。

「……所以？請問有什麼事？」

「哎呀糟糕，差點忘了。」

依禮奈一副終於想起正題的模樣換上鄭重表情，發出聲音清了清喉嚨之後，露出像是附帶「呀比☆」這個音效的笑容向政近伸出手。

「久世學弟，和我簽訂契約，成為後宮王吧☆」

「妳走吧。」

「為什麼啦！」

被政近想都不想就發布退場勸告，依禮奈以雙手「砰」地拍響他的桌子。

「後宮王耶，後宮王！只要是男高中生都會二話不說點頭答應吧！」

「妳說的『後宮』是管樂社吧！那裡的『王』是社長吧？我沒理由成為這種人！」

「什麼嘛，原來你很懂嘛，政近學弟。」

依禮奈說著「可惡可惡～～」輕輕頂過來的手肘被政近伸手推開之後，她的表情稍微變得認真。

「嗯，抱歉。我從頭開始說明吧？」

「……這樣啊。」

「剛才說『後宮王』是開玩笑的。久世同學，希望你來管樂社負責彈鋼琴。」

「「！」」

聽到這段話，不只是政近，艾莉莎的表情也變得有點嚴肅。依禮奈看起來對這種反應不以為意，為難般舉起雙手。

「鋼琴原本是三年級的孩子負責的～～不過那孩子好像要考外面的大學，不久之前退社了。換句話說，管樂社現在沒人彈鋼琴。不過原本就不是所有樂曲都需要鋼琴，何況大家都是想學習管樂器才加入管樂社……所以沒人想接任。」

「哎，想彈鋼琴的人會去鋼琴社對吧……」

「就是這樣。所以，這下子該怎麼辦呢～～就在我這麼想的時候……」

此時依禮奈不知為何露出溫柔表情頻頻點頭，摟住政近的肩膀。

「哎呀～～當時超迷人的。對吧？沒想到這麼優秀的人材居然離我這麼近。」

「這樣啊……」

「所以說，和我簽訂契約成為後宮王吧？」

「不要。」

「為什麼！」

「因為我對於像這樣逼迫簽約的人只有不好的印象。還有，別說成為後宮王，我聞到滿滿的奴隸契約的味道。」

「怎麼這樣～～說成奴隸契約也太難聽了……嘿嘿，我剛才只是在說『和我一起玩一下社團吧☆』而已啦。」

「妳一次都沒說過吧？」

「唔，真難對付……沒想到居然被拒絕到這種程度……」

「我反倒想問，妳為什麼覺得這樣拉人不會被拒絕？」

政近傻眼至極的視線，使得依禮奈稍微換上鄭重表情，改變音調開口。

「老闆，可愛的妹子有很多喔。」

「所以說為什麼是這樣拉人？」

「也可以做全套喔。」

「是在演奏會表演全套曲目的意思對吧！」

在艾莉莎面前說這什麼話？政近氣得吊起眼角，依禮奈卻露出疑惑表情。

「久世學弟，難道你對後宮沒興趣……？」

「不是這種問題。」

「為什麼啦，我明明這麼展現誠意了！」

「什麼誠意？」

政近正色反問，依禮奈露出不甘心的表情，迅速抱住自己的身體。

「這眼神……是要我表現更好懂的誠意？咕！知道了啦……既然這樣，我身為社長只能下海了……！」

「這就真的免了。」

「是你要我一樣用身體支付代價吧！好啦，就隨便你想要怎麼做吧。就把你青澀的慾望發洩在我正值美味的肉體上吧！」

「正值美味……？」

「你用鋼琴發出多少聲音，我就准你用我的身體發出多少聲音吧！就拿我依禮奈學姊的身體演奏《踩到貓兒》吧！」

「「……」」

「啊，嗯。像這樣悶不吭聲明顯露出『這傢伙在說什麼鬼話？』的眼神……嘿嘿，拜託饒了我好嗎？」

冰冷視線的交叉砲火，使得依禮奈露出卑微態度笑著搔了搔腦袋。政近看著她的臉嘆氣開口。

「既然這麼想，麻煩以更正常的方式提出請求好嗎……」

連一次都沒以正當方式拉人的這名學姊，使得政近露出疲憊表情。依禮奈隨即眉頭一顫，捨棄剛才的胡鬧態度，以認真到恐怖的表情俯視政近。

「換句話說……是要我低頭拜託嗎？」

「不，我不是這個意思，只要正常提出請求……」

「哈！我真是被看扁了。好歹也是前任學生會副會長的我，被迫要對區區一年級的普通幹部低頭是吧？」

依禮奈嘲諷般揚起嘴角，像是不屑般扔下這段話——然後以行雲流水的動作當場下跪磕頭。

「求求您，請您加入管樂社當幫手。」

「真……真是毫無尊嚴可言……」

「欸～拜託啦～我高中時代的最後一場演奏會，想要有你的鋼琴啦～！只要有我能做的事情，我什麼都願意做！」

依禮奈終於就這麼跪在政近腳邊開始抓著手臂央求，政近終究也被激發罪惡感。

「就算妳說什麼都願意做……但妳是前任副會長，在選戰——」

沒辦法提供協助……政近原本要這麼說，卻忽然察覺了。

（咦？可是……記得出馬戰始終是餘興節目吧？）

當事人是怎麼想的，看節目的人又是怎麼想的就另當別論。

出馬戰始終是餘興節目，嚴格來說也沒有一定要參加的義務。這樣的話……

（就算是前任副會長參加……也算是灰色地帶吧。哎，說起來潛規則就是潛規則，又不是明文規定……）

換句話說，用話術說服就贏了。

（而且……）

聽到要彈鋼琴之後就在腦中揮之不去的母親幻影，令政近自嘲一笑。

（和小瑪的過去都已經做個了斷……這部分也差不多該放下才行。）

政近如此心想，轉頭和艾莉莎相視。以眼神進行最底限的溝通之後，政近緩慢詢問依禮奈。

「妳剛才說過什麼都願意做吧？」

「咦？」

依禮奈一臉冷不防被嚇到般抬頭，政近掛著淺淺的笑容俯視她。

「願意用身體支付代價……妳剛才是這麼說的吧？」

「咦，咦…………咦？」

總覺得學弟身上洋溢著危險氣息，依禮奈迅速站起來，交互看著政近與艾莉莎，表情逐漸緊繃。她的臉頰染上一抹紅，眼睛噙淚溼潤——

「今……」

「？」

「今天我的內衣不可愛啦——！」

「不准說這種招致誤解的話逃走啊啊啊——！」

依禮奈以雙手護住身體，半哭著一溜煙逃走，政近的怒罵聲追了過去。

◇

「……這樣好嗎？」

逮住逃走的依禮奈，重新協調完畢之後的教室裡，艾莉莎回到自己座位，略顯顧慮般詢問政近。

「嗯？總之她都對我下跪磕頭了……何況我擔任幫手的期間，只在運動會之後到十二月的演奏會為止……如果這樣就能獲得依禮奈學姊的協助應該很划算吧。」

聽到艾莉莎這麼問，政近苦笑聳肩。

到最後，依禮奈開出附帶條件答應參加出馬戰。只不過這個條件本身也是政近提出的讓步方案，依禮奈完全接受政近的條件。代價是政近會依照依禮奈的要求成為管樂社的幫手。

「不過，雖說等到運動會結束就好……她本性真的很正經，應該說是一位有常識的人……之所以不是在校慶之後而是挑今天過來，肯定是在等期中考結束。」

和表面上的破天荒形象相反，個性貼心又周到的這位學姊，使得政近忍不住發笑。

但是艾莉莎再度發問。

「真的好嗎？」

「？」

「那個……擔任鋼琴幫手的事。」

政近要彈鋼琴。這件事令艾莉莎放不下心。即使被疑惑看過來的政近視線稍微削減自信，艾莉莎還是下定決心說出一個推測。

「政近同學……我一直以為你不太喜歡鋼琴。」

這是她在秋嶺祭聽完政近鋼琴的直覺。

聽到政近的演奏，艾莉莎最初心想「為什麼？」而抱持反感。為什麼隱瞞自己會彈鋼琴的事實？為什麼明明擁有這麼高超的技術，卻沒有一起組樂團？為什麼沒組樂團卻在這種地方展現琴藝？

像是耍賴孩童般的反彈心態，在聆聽政近演奏的過程中逐漸平息……在最後忽然浮現的就是自己心中「為什麼？」這個問題的答案。

政近不喜歡鋼琴。說不定甚至討厭鋼琴。

艾莉莎近似於單純直覺的這個推測……令政近吃驚般睜大雙眼。

（果然沒錯。）

從這個反應得到確信的艾莉莎說下去：

「如果你要勉強自己去做不想做的事……那麼現在就停止這麼做吧？出馬戰的幫手再找別人就好。」

聽到艾莉莎這麼說，政近露出思考般的表情移開視線，經過數秒的沉默之後緩慢開口：

「……不，我並沒有討厭鋼琴，也沒在勉強自己啊？」

政近默默思考之後說出的這句回應，艾莉莎直覺認為是發自真心的話語。然而……她也同時察覺這是在隱瞞。

（啊啊，他又……）

又來了。政近又在關鍵時刻打岔，隱瞞了某些事。彷彿在拒絕艾莉莎進一步深入下去。

只要他這麼做，艾莉莎就再也不方便說些什麼。

（我說出來不就好了？在這個時候問他「那你在討厭什麼？」「那你為什麼不一起組樂團？」不就好了？）

即使內心這麼想，喉嚨也沒能發出聲音。感覺一旦說出口，政近就會離她而去。面對什麼都做不了而僵住的艾莉莎，政近自嘲般揚起嘴角。

「哎，反過來說也沒特別懷抱什麼熱情……所以這部分我有點擔心。」

「擔心？」

「妳想想，在合唱或是合奏，不是說大家的默契很重要嗎？即使擁有再好的技術，如果彼此的內心是一團散沙就不會順利成功……之類的。」

政近以一如往常的打趣語氣說。

「所以啊，像我這樣對於管樂與合奏都沒特別感興趣的傢伙突然加入，結果說不定會令人期待落空。但我剛才沒有刻意向依禮奈學姊這麼說就是了。」

政近說完露出使壞的笑容，艾莉莎見狀察覺了。

（所以你……）

對於音樂沒有熱情。這正是政近沒有一起組樂團的理由。只有自己沒有熱情，他認為這樣會扯旁人的後腿。艾莉莎察覺這一點之後，回想起自己不久之前也懷抱類似的情感。

（不懂戀愛的我……）

自己無法和周圍的人們一樣，懷抱著能夠變得熱血的情感。簡直如同只有自己是冷血壞人般的孤獨感與疏離感……

（這種感覺……你也有嗎？）

如此思考的瞬間，艾莉莎開口了。

「我不這麼認為。」

以堅定語氣說出的這句話，使得政近像是冷不防被嚇到般看向艾莉莎。艾莉莎筆直注視他的雙眼說下去：

「或許你對於音樂沒有熱情，可是……」

艾莉莎不知道政近曾經發生過什麼事。不過正因為她近距離看著政近至今，所以能夠抱持確信說出接下來的話語。

「我認為你是願意扶持擁有熱情的人而燃燒自身熱情的人。就像是你先前為了扶持『Fortitude』而付出的努力。就像是……你說要和我一起參選而立下的決心。」

艾莉莎從椅子探出上半身，握住政近的手，一心一意注視政近的眼睛，希望自己的想法傳達到他內心。

「所以……肯定不會有問題的。只要是你，就可以好好實現名良橋學姊的心願。所以……別再痛苦了。」

最後這句話，連艾莉莎自己都不清楚為什麼會這樣說。單純是看著政近的這副模樣時從內心洋溢的話語。

不過，看見政近聽到這句話之後晃動的雙眼……艾莉莎也察覺到自己所說的話是對的。政近很痛苦。在那份胡鬧、搞笑又玩世不恭的態度背後感到痛苦，而且恐怕已經持續了很久……

「！」

領悟到這一點的瞬間，艾莉莎再也忍不住了。內心深處就像是被緊緊揪住般地難受……回過神來，她已經從正前方用力緊抱政近。

然後，她朝著近在咫尺的政近耳朵，從喉嚨深處擠出聲音。

「總有一天……」

話語即將中斷。棲息在內心深處的恐懼……警告說不要繼續深入。艾莉莎的喉嚨收縮，試著讓嘴巴閉上。

即使如此，艾莉莎也拚命抵抗這份恐懼，以嘶啞的聲音向政近低語。

「總有一天……可以把你的痛苦告訴我嗎……？」

艾莉莎擠出最大的勇氣這麼問，政近沒能立刻反應。就這樣，對於艾莉莎來說像是心臟一片片被削下的沉默持續許久之後……政近微微點頭。

這個無言的承諾，使得安心與喜悅在艾莉莎的內心擴散。她再度朝雙手使力，緊緊抱住政近……充分獲得滿足的心情，使她忽然心想「要不要順勢說出那件事」。

（咦……現在的話應該說得出口吧？）

在這段時間一直苦惱該如何傳達的那件事，就在此時此地說出來吧……正要這麼做的時候，艾莉莎在前一剎那改變想法。

（不，要說的話……等到出馬戰結束之後再說比較好吧。）

沒錯，在出馬戰獲勝之後……抬頭挺胸對他說比較好。為此……

（出馬戰絕對要贏。）

艾莉莎重新下定決心面向前方，和站在教室入口看向這邊的依禮奈四目相對。

「「！」」

四目相對之後，兩人身體同時一顫，然後再度僵住……重新開機的速度是依禮奈比較快。

「啊，那個，具體的，那件事，我想說還沒講清楚，所，所以……」

視線迅速游移的依禮奈慌張這麼說，臉蛋愈來愈紅……

「我，我什麼都沒看見！我不會對任何人說的——！」

依禮奈發出像是目擊命案現場的吶喊，一溜煙跑走。在她的身後……

「所以請不要說這種會招致誤解的話逃走啦！」

重新開機的艾莉莎怒罵聲追了過去。

第6話 對心臟有害的學姊與對心臟有益的學姊

「這樣啊，周防同學說了那種話。」

「嗯。因為這樣，緊急想請沙也加同學和毅同學、光瑠同學組成騎馬隊……」

隔天，成功讓毅與光瑠答應參加出馬戰的艾莉莎與政近，在下課時間來找F班的沙也加。

從艾莉莎口中聽完事情原委的沙也加，慢慢將眼鏡往上推之後回應。

「總之，這件事沒問題……不過還真是大意。居然就這麼被周防同學稱心如意變更比賽形式……」

「是的……關於這方面，我們完全敗給她了……」

艾莉莎垂頭喪氣，沙也加斜眼瞪向她冷淡開口：

「只是消沉的話誰都做得到。應該要思考對策，為今後成為類似狀況的時候做準備吧？」

「……也對。」

沙也加毫不留情投以尖酸的話語，艾莉莎無法反駁只能附和。此時看不下去的政近出面緩頰。

「總之這次是有希技高一籌。她以那麼中肯的論點正面出擊，對我們很不利。」

政近像是重整心情般這麼說，沙也加對此不高興地哼了一聲。

「就算這樣，也不必唯唯諾諾順從對方的提案吧。既然對方以體格差距的劣勢當後盾，只要說『那我們這邊限制協助者只能找女生』就可以了。你們的協助者原本就是我與乃乃亞，所以這麼做肯定沒有任何風險。」

「……我沒想到可以這麼做。」

「假設團體戰的這個方案通過，也可以要求事先公布彼此的參賽者當成代價……能用的手法應該很多吧。」

「「……」」

聽到沙也加平淡說出的這些話，政近與艾莉莎目瞪口呆。

沙也加說的確實沒錯。

在那個時候，因為連茅咲與瑪利亞都贊成有希，風向完全被對方主導，所以沒能想到這麼多。

像是政近就早早切換想法，思考要拉攏誰加入成為同伴……不過現在冷靜想想，根本不需要無條件接受有希的提案。

「……真的一點都沒錯。我會反省。」

「嗯……」

政近與艾莉莎率直舉白旗投降，沙也加再度哼了一聲撇過頭去。總覺得沙也加比平常還要冷漠……甚至達到心情不好的程度，政近略感納悶。

另一方面，艾莉莎誠心誠意地點頭，注視沙也加開口：

「我獲益良多。妳願意協助這次的出馬戰，是我的一大靠山。」

「……這樣啊。」

沙也加冷淡回應艾莉莎的話語，頻頻將眼鏡往上推。看見這副模樣……政近腦中浮現一個推測，臉頰變得僵硬。

（不，可是難道說……）

政近連忙自行否定這個推測，卻已經只覺得是這麼回事了。

（這傢伙……只是因為艾莉騎馬隊的成員寶座被別人搶走，所以在鬧彆扭？）

即使以扶正眼鏡的動作隱藏表情，沙也加心情也好像變好了……見狀的政近覺得自己國中時代對她的印象逐漸崩毀，暗中受到打擊。

◇

「讓妳等很久了……嗎？」

「不，沒這回事喔～～」

午休時間。被瑪利亞叫來的政近獨自造訪學生會室。

開門入內一看，寧靜的學生會室裡，瑪利亞獨自坐在沙發上。

「……」

彷彿是幾天前和瑪利亞相處時的這個情境，令政近略感心神不寧走向沙發。

「那個，請問有什麼事？」

「唔……總之先坐吧？」

瑪利亞指著自己身旁。政近終於聯想到考前發生的那件事，嚥了一口口水。

（可是……之所以像這樣叫我過來，大概是要說那時候的事吧。）

經過那件事之後，瑪利亞對政近的態度變得有點尷尬。雖然政近對瑪利亞的態度變得尷尬，是因為遙遠往昔的初戀死灰復燃……但他不清楚瑪利亞變得尷尬的理由。

（既然要說那時候的事……就不能在這裡逃避吧。畢竟我自己也想整理心情。）

像這樣鞏固決心之後，政近坐在瑪利亞身旁。然後耐心等待著看起來依然猶豫要說什麼，目不轉睛注視自己膝蓋的瑪利亞。

就這樣，在時鐘秒針走一圈的時候，瑪利亞終於開口。

「那個，久世學弟……」

「有。」

瑪利亞看向以真摯態度端正姿勢的政近，像是心意已決般發問。

「你會以……色色的眼光看我，對吧？」

「……什麼？」

這個問題過於出乎預料，政近腦子變得一片空白。看見政近稍微歪過腦袋僵住，瑪利亞慌張般搖動雙手。

「啊，不是的！我不是要責備你……那個，我知道青春期的男生就是這種樣子！所以我並不是說這樣不好……」

瑪利亞說得愈來愈小聲，尷尬般看向下方……然後突然低頭。

「對不起！我至今想都沒想過這種事，那個，動不動就和你摟摟抱抱……」

瑪利亞慢慢抬頭，害羞般移開視線開口。

「久世學弟，你被我那麼做……其實很為難吧？那個，因為你非得壓抑才行……我沒察覺就做出這種神經大條的行為，對不起！」

然後，瑪利亞再度低頭……政近看著她的頭頂思考。

（我，我該說些什麼啊……？）

是地獄。對於青春期男生來說，這真的只是地獄。

心情上如同被母親發現黃色書刊的男高中生。政近當然沒有這種經驗……但是如果以「被親近的異性當面點出遐想與情慾」這一點來說，這個狀況也大同小異。

（那個，接受道歉就好嗎？可是這樣就承認我會以色色的眼光看瑪夏小姐……不，確實會看，老實說我就是這麼看的！不過這也如同瑪夏小姐所說，因為是青春期男生所以在所難免……）

思考到這裡，政近心想「不對」自行否定。

（青春期男生什麼的，這是藉口吧……實際上，我對乃乃亞或是依禮奈學姊就完全不會想入非非……）

至今沒有自覺。

但是自己對瑪利亞抱持遐想。這個心態本身就是政近將瑪利亞視為戀愛對象的最好證據。然而……

（嗯，總之是這樣沒錯……可是為什麼呢？在瑪夏小姐＝小瑪的現在，總覺得罪惡感超重的……）

就像是以下賤的慾望弄髒了美好記憶裡的那孩子……事到如今，政近對於自己的色心冒出猛烈的厭惡感，有點想死。

「不，完全不必為了這種事向我道歉……請抬起頭吧。」

基於刺痛內心的罪惡感，政近總之想結束這個話題。此時瑪利亞突然迅速抬頭，政近有點嚇到。

「所以！政近學弟！」

「啊，有。」

瑪利亞朝著稍微向後仰的政近張開雙手，然後以臉紅的正經表情開口：

「為了當作賠禮……你盡情摸我沒關係喔！」

「……啥？」

「至今害你壓抑這麼久……你就別壓抑了，盡情摸我吧？」

「為什麼是往這個方向狂奔啊？」

正常來說，這時候不是會變成「今後我會小心，盡量避免身體上的接觸」才對嗎？為什麼會往積極這麼做的方向跑？為什麼偏偏全盤肯定這邊的色心？

「沒……沒事的！如果是你，我不會有事的！雖然會害羞，但我會努力！」

「不，我會有事，妳也不必努力！」

總覺得瑪利亞滿臉通紅讓眼睛不斷打轉，政近半哀號地大喊。

（不行了。這個人想太多害得腦袋秀逗了！）

瑪利亞完全朝著奇怪的方向失控，令政近也覺得逐漸頭昏腦脹……

「我，我知道了！我明白瑪夏小姐的想法了！」

政近就這麼完全沒能整理思緒，總之為了阻止瑪利亞，他雙手向前伸直，說出自己的想法。

「不過，拜託真的饒了我吧！對於瑪夏小姐，那個，我確實會以這種眼光看待，但我自己對這種事感到強烈的自我厭惡，應該說總之要是在這裡碰了妳，我大概會因為自我厭惡而死掉！」

政近連自己也不知道在說些什麼，就這麼閉上眼睛用力大喊之後……令人生痛的沉默充滿學生會室。只有時鐘指針刻畫時間的聲音滴答響起……不久之後，一個細微的笑聲傳入政近耳朵。

聽到這個聲音，政近慢慢睜開眼睛，看見瑪利亞像是放心般輕聲發笑。

「……瑪夏小姐？」

「啊，沒事，對不起哦？我只是覺得你果然是阿薩。」

「？」

即使頭上冒出問號，政近還是判斷瑪利亞似乎不再失控，慢慢放下雙手。接著瑪利亞露出理性表情，重新向政近低頭。

「對不起哦？我只要想到你是男生，就會莫名害怕。」

「這樣啊……那個，這是……」

是我的遐想被妳發現的意思吧？是察覺到我對妳的下流慾望而感到害怕吧？

察覺到這一點，政近再度想死了。在他即將雙腿跪地，心情變得消沉……之前，瑪利亞笑著告訴他：

「不過，已經沒問題了。你不會做出傷害我的事。因為我知道你依然是那個溫柔的阿薩。」

「那個……」

政近反芻瑪利亞的話語，以混亂尚未平息的腦袋導出一個推測。

「難道說……妳剛才在測試我嗎？」

「嗯……對不起哦？以結果來說或許是這種感覺吧。」

「以結果來說……是指？」

對於政近的問題，瑪利亞內疚般稍微下垂眉角。

「沒察覺你的……男生的那一面就和你摟摟抱抱，我真的覺得很抱歉。如果是你，就算被你摸也沒關係，這個想法也是真的。不過……看見你因而比我還要慌張的樣子之後，我總覺得放心了。」

瑪利亞輕聲竊笑，愛憐般瞇細雙眼。

「想到你果然沒變……就覺得先前感到害怕的自己很好笑。」

「這樣啊……不，可是那個……」

政近從瑪利亞身上移開視線，搔著腦袋結巴開口：

「如我剛才所說，我有點為難是真的……從今以後，那個，希望妳不要做出太惹火的行為……」

「呵呵，好的～～我會妥善處理～～」

「這是不答應的意思吧？」

「因為，看見喜歡的人就會想摟摟抱抱啊～～」

瑪利亞以一如往常的軟綿綿笑容這麼說，然後稍微改成鎮靜的語氣說下去：

「不過……說得也是～～從今以後，我會盡量先說完再摟摟抱抱哦？」

「總之不停止摟摟抱抱是吧……」

「嗯。所以啊……」

然後瑪利亞輕輕張開雙手。總覺得似曾相識的這幅光景令政近臉頰僵硬時……瑪利亞笑咪咪這麼說：

「來個和好的抱抱吧？」

「……」

聽到瑪利亞的提案，政近腦中首先冒出「和什麼好？」的疑問。不過在看著瑪利亞的……看著這張天使般的笑容時，這個疑問變得一點都不重要了。

（說得也是……如同我是阿薩，瑪夏小姐也是小瑪。）

這個擁抱肯定沒有深刻的意義。等同於吵架的小孩用來和好的行為。和毫無下流心態的那時候一樣，純粹以輕鬆的心情這麼做就好。

「好的好的，和好的抱抱是吧。」

這麼想之後，心情也變得舒坦了，政近露出微笑探出上半身，輕輕擁抱瑪利亞。瑪利亞也溫柔抱緊政近。然後，她像是心滿意足般在政近耳邊發出笑聲。

【果然不會怕。】

瑪利亞像是安心般輕聲這麼說之後……

啾。

「呃，等一下！」

碰觸臉頰的觸感，使得政近迅速讓身體離開。

接著，瑪利亞她……掛著那時候不會露出的惡作劇笑容站起來，將食指抵在嘴唇前方這麼說：

「我有說是『盡量』喔～～」

瑪利亞說完拋了一個媚眼，踩著跳舞般的腳步離開學生會室。

目送她的背影之後……政近一頭倒在沙發上，將臉埋在扶手大喊。

「會死的！」

◇

這天放學後，完成學生會工作的政近與艾莉莎，換上短袖體育服來到校舍後方。

兩人抵達校舍後方沒多久，瑪利亞就來了，數分鐘後依禮奈也來了。

「辛苦了～～哎呀～～終究有點冷耶。」

依禮奈說完輕輕摩擦只穿短袖的雙手，政近稍微下垂眉角。

「沒問題嗎？今天只是簡單練習，穿長袖運動服也……」

「不，練習之後就會變暖和吧？」

「是嗎？艾莉與瑪夏小姐也是，會冷的話可以換穿長袖運動服哦？」

「我沒問題。」

「我也是，這種程度的話還可以～」

「……請不要勉強喔。」

政近反省自己對女性不夠貼心。依禮奈站到他旁邊，看著艾莉莎與瑪利亞開口：

「哎呀，話說回來……體育服真讚。」

以感慨語氣說出的這句話，引得政近默默看向依禮奈。依禮奈隨即揚起嘴角，眼角放鬆下垂，露出像是隨時會「咕嘿嘿」奸笑的表情說下去：

「哎呀，真是誘人耶……總覺得性慾愈來愈——」

「依禮奈學姊，我先問一下，以物理方式吐槽ＯＫ嗎？」

「咦，以物理方式督操也太直接了——」

在裝出嬌羞模樣的依禮奈面前，政近的手刀迅速掃過。

「……」

「失禮了，我的手空揮了一下。」

「不是滑了一下嗎？」

依禮奈正色說完，政近靜靜高舉手刀。接著依禮奈按住嘴角，揚起視線看向他。

「人家是第一次……要溫柔一點哦？」

政近的吐槽狠狠打在她的頭上。

「嗚……久世學弟真過分，居然對女生動手……要是依禮奈學姊我的M屬性覺醒，你要怎麼給個交代？」

「到時候我會負起責任把妳變成斗M。」

「唔哇這個學弟是鬼畜！把依禮奈學姊我變成斗M是想做什麼？」

「放置。」

「怎麼這樣……拔鳥無情？」

政近再度朝著隨口說出低級話語的依禮奈後腦勺打下去。不過只是手腕彎曲的動作故意做得比較大，實際上只以指尖輕拍就是了。依禮奈在這方面果然是搞笑派，按著腦袋誇張喊痛。

「嗚嗚……依禮奈學姊我的粉紅色腦細胞……」

「別鬧了，來組成騎馬隊吧，騎馬隊。」

大腦染上情慾的學姊就別管了，政近看向艾莉莎與瑪利亞，隨即發現兩人掛著難以言喻的表情看著他與依禮奈。

「……什麼事？」

政近一副有點畏縮的模樣，瑪利亞將食指抵在嘴唇，稍微歪過腦袋開口：

「你們兩人……感情真好耶～」

「啊？不，這與其說是感情很好……」

「我第一次看見你和女生說話這麼放得開……」

「不，這種事……」

我和有希平常也是這種感覺。

政近情急之下這麼心想，卻立刻想到這是妹妹模式的狀況。這麼一來，在學校能以這麼放得開……應該說這麼隨便的態度打交道的女生確實沒有別人吧。

「咳咳，總之這不是很好嗎……不提這個，瑪夏小姐，那個，妳肚子露出來了。」

「咦？啊啊……」

看見肚臍在運動服的衣襬若隱若現，政近移開視線如此提醒。在瑪利亞整理衣服的時候，政近轉身背對她。

「那麼，總之先試著組成騎馬隊吧。瑪夏小姐以及依禮奈學姊一隻手和我握好，另一隻手放在我的肩膀……沒錯沒錯。」

政近就這麼面向前方，雙手伸到後方和瑪利亞與依禮奈相握。然後他察覺了。

（咦？這樣實際上是十指相扣的情侶握法吧……）

冒出這個想法的時候，左後方發出相同的指摘。

「呃，咦？天啊……這不是情侶握法嗎～～羞死人了～～」

「哎呀，真的耶～～」

政近左手的依禮奈手指在指縫害羞扭動。和瑪利亞相繫的右手別有用意般被使力握緊。臉頰則是被艾莉莎的冰冷視線刺得好痛。

「……艾莉，可以了。上來吧。」

「……」

政近假裝完全沒察覺這一切，和瑪利亞與依禮奈一起原地蹲下，成為迎接騎手艾莉莎上馬的姿勢。艾莉莎跨到瑪利亞與依禮奈的手臂上，慢慢將體重壓下去。

「喔呼，手臂傳來艾莉莎學妹的屁股觸感……好痛！」

「坐好了嗎？那麼把腳放在我手上……」

「不對，等一下！這是什麼招式？」

相扣的手指被狠狠夾緊，依禮奈發出慘叫聲。政近輕聲嘆氣放鬆左手力道之後，依禮奈鬆了口氣。

「痛死我了……差點被久世學弟的金手指搞到升天嗚哇！」

「妳真的學不到教訓耶。」

「嘿嘿……能搞笑的時候一定會搞笑，依禮奈小姐我就是這種人喔……」

「……好了嗎？」

「啊，嗯。」

「啊，好了。」

艾莉莎隨著這個傻眼般的冰冷聲音以腳尖輕戳兩人手臂之後，政近與依禮奈張開相扣的手。接著，脫掉鞋襪的艾莉莎赤腳輕輕踩上去。

（唔……總覺得摸到艾莉的赤腳也……該怎麼說——）

「喔唷，艾莉莎學妹的蜜腳腳～～！」

被依禮奈的蠢聲音消除情慾之後，政近以沉穩冷靜的心態調整手的位置。據說旁邊有個比自己還慌張的人就會反而變得冷靜，不過看來在旁邊有人露出色心的時候，自己也會變得冷靜。

「那要站起來了喔～～預備……起！」

三人配合彼此的呼吸，同時起身。

接著，被瑪利亞與依禮奈單手搭著，進而被艾莉莎雙手按著的政近雙肩，承受了一定程度的重量。

（唔，這還真是……）

「啊，等一下，這……」

「嗚，好重……不對，說好重的話很失禮！」

雖然稍微沒踩穩，但還是勉強站起來了。

「那個，那麼總之先以這個狀態動動看吧。」

就這樣，暫且以這個狀態前進、後退、橫跨，嘗試了一整套的動作。

剛開始連配合步調都陷入苦戰，不過在前頭的政近吆喝之下，默契愈來愈好。

「好，那麼進行下一步。艾莉，試著站起來一下吧。」

「咦……可以嗎？」

「是啊，因為實際移動的時候就算了，搶頭帶的時候一定要站起來。」

「知道了……那麼，我要開始了。」

說完之後，艾莉莎站起來踩在三人手上——的瞬間，依禮奈發出哀號。

「等，等一下這真的很吃力！我的手，手要鬆開了～～！」

艾莉莎聽到這個聲音連忙坐下，三人暫時把艾莉莎放到地面。

「呼，啊啊～～痛死我了～～……這個隊形，在站起來的時候負擔有夠重的。」

「那當然，因為艾莉整個人的體重都壓在手上……」

「嗯……可是話說回來，我覺得大約有一半是久世學弟的錯。」

「……我覺得是依禮奈學姊性騷擾發言的錯。」

政近從忿恨般甩著手的依禮奈那裡迅速移開視線，移開之後看見瑪利亞又露出肚子所以繼續移開視線。

「……瑪夏小姐，妳肚子又露出來了。」

「啊，真是的……」

瑪利亞匆忙整理衣服時，依禮奈露出明理表情點頭。

「畢竟瑪利亞學妹的奶子很大，會把衣服往上撐對吧？這是沒辦法的。」

「咕呼！」

過於直接的這個指摘使得政近差點嗆到，甚至沒能吐槽。這麼一來就沒人能夠阻止依禮奈了，她接著看向艾莉莎。

「話說，艾莉莎學妹也很大耶……我原本也自認很大，卻好像沒啥自信了……」

「那個！真的不要在男生在場的時候說這種話好嗎？」

政近忍不住就這麼別過頭大聲這麼說，依禮奈隨即咧嘴笑嘻嘻看向他的臉。

「唔唔～～？說這種話沒問題嗎～～？管樂社平常都是這種感覺耶～～？」

「……是社長性騷擾橫行的美妙職場對吧。」

「是常保笑容的美妙後宮啦！」

依禮奈不服氣般噘嘴，政近以忿恨的視線刺向她，然後像是要還以顏色般，以沉穩的語氣開口：

「後宮是吧……」

「沒錯，就是後宮，怎麼了嗎？」

「……在管樂社集訓的時候到處對女社員放話說『一起洗澡吧～～』，真的到了洗澡時間卻只有自己早早在房間浴室洗完澡，這是我聽到的爆料。」

「喂，別這樣。」

「宣稱『今晚不讓妳睡』卻在凌晨之前就率先睡著，這也是我聽到的爆料哦？」

「別這樣！這是妨害營業！」

依禮奈大聲嚷嚷舉起雙手，說出「不是啦～～那只是避免激情過度到了隔天還沒辦法消除疲勞才會貼心那麼做啦～～」這種話辯解。瑪利亞把她的辯解當成耳邊風，悄悄詢問政近：

「（咦，依禮奈學姊實際上是這種人嗎？）」

「（別看她那樣，其實她害羞又純真。而且明明嘴上說得百無禁忌，不過聽說她很少進行親密接觸哦？妳看，她本性其實很正經……）」

「那邊的！我有聽到喔！」

「我是故意讓妳聽到的。」

「居然模仿『我是故意把奶子貼過來的』這種語氣……」

「我可沒這個意思。」

「總～～而～～言～～之～～！不准擅自傳播毫無根據的謠言啦！」

「不用擔心，周圍的人們也大多察覺到妳是本性正經的人喔。」

政近把「所以才會當選吧」這句話吞回肚子裡，和艾莉莎與瑪利亞一起投以有點溫馨的眼神，依禮奈隨即臉紅並且開始微微發抖。然後她猛然以右手臂遮住眼睛，一個轉身拔腿就跑。

「嗚哇啊啊啊！我要告你毀損名譽～～！」

「我覺得沒有錄音筆的話應該辦不到喔～～」

對於政近冷靜的吐槽，依禮奈頭也不回，就這麼在校舍邊角轉彎消失身影。

「……咦？可是還在練習啊……」

掛著難以言喻的表情目送她的背影之後，艾莉莎為難般看向政近的臉。對此，政近一臉若無其事聳肩回應。

「沒問題的。她不是會在工作時半途而廢的人。」

政近這麼說完的數秒後。

「啊，回來了……」

「我就說吧，她本性很正經的。」

◇

「勇者啊，真虧你能夠來到這裡。」

「不能再稍微正常說一聲『歡迎回來』嗎？」

政近結束放學後的祕密練習回到家裡，朝著悠然坐在客廳椅子的有希賞白眼，然後他環視周圍，確認那個會融入背景的女僕不在場。

「……今天只有妳一個人嗎？」

「喔？只有我一個人的話無法滿足你嗎？」

「不，我已經很飽了。」

「是要我帶綾乃（布丁）過來當甜點？」

「不准寫成『綾乃』卻要我念成『布丁』。」

政近的犀利吐槽令有希哈哈大笑，以不經意的語氣開口：

「話說回來，你說已經很飽的意思是……剛才在和某個很累人的對象打交道嗎？比方說……依禮奈學姊之類的？」

「！」

有希隨口提到這個名字，政近瞬間抽動臉頰，接著察覺自己失態。明明為了避免騎馬戰的成員事先曝光，特地在放學後的校舍後方偷偷練習……有希卻像是看透一切般露出無懼的笑容。

「老哥，騎馬戰的練習順利嗎？」

「……老妹，如果這是在試探，那妳功力進步了。」

「試探？不不不，是確信喔。在這種時間點很晚回家只會是這個原因。」

有希咧嘴笑著這麼說，完全中計的政近嘲諷一笑。

「所以？妳今天是來視察敵情嗎？」

「嗯？這只是順便啊？反正我自認對手是誰都不會輸，不需要事前探聽。」

「……哇，真敢說。即使是第一次遇到的對手也有自信應付嗎？」

「請不要看扁我喔。就算是我，只要稍微觀察也一樣可以看穿對方的實力……真的就像是只要看完第一話就能看穿這部漫畫主打色到什麼程度！」

「這我也做得到啊？真要說的話只要開頭的幾張彩頁就能看穿。」

「開頭彩頁的膚色比率。這就是這部漫畫裸露度的極限喔……！」

有希顫抖聲音說出像是達人般的心得，政近以冷淡眼神看著這個妹妹。

「所以？結果妳是來做什麼的？」

「啊？問我來做什麼，當然是……」

有希在這時候慢慢站起來，「砰」地重拍桌面，然後猛然睜大眼睛，抬頭瞪向哥哥開口：

「當然是依照考前的約定來進行動畫馬拉松吧！」

「……啊啊。」

「你這傢伙忘什麼忘啊！你這傢伙忘什麼忘啊！」

「不，剛才只是卡頓了一下。」

「是記憶體不夠吧？換成容量大一點的吧。順便用外接硬碟增加儲存空間吧。」

「因為是USB1．0，所以無論如何讀取都很花時間。」

「那種東西還是買新的換掉吧。」

「換句話說是要我重新投胎嗎？」

「到時候我也會陪你一起轉生。」

「好沉重。」

「轉生之後的女主角是前世的妹妹。」

「總覺得聽起來有可能。」

「而且轉生之後的妹妹是前世的女主角。」

「突然變複雜了。」

「順帶一提，不是異世界轉生，是逆向轉生。」

「……嗯？」

「而且如今，今世的妹妹朝著女主角大喊『還給我！我的身體！』正要撲過去。」

「不准突然變成恐怖片！我渾身發毛了！」

「書名是《我的妹妹或許不是妹妹》。」

「期待和繼妹上演戀愛喜劇的讀者會慘叫連連喔。」

「這種後來才知道書名真正意義的作品，我很喜歡。」

「我也喜歡，但是這和原本想要的不一樣。」

「回到原來的話題，動畫馬拉松只不過是理由之一。」

「什麼嘛，還有別的理由嗎？」

「說這什麼話，當然是因為考前害你生病所以過來賠罪吧？」

聽到有希正色這麼說，政近啞口無言，然後看著妹妹嚴肅的表情微微苦笑。

（哎，既然艾莉察覺了，妳不可能不會察覺吧……）

政近在內心自嘲時，有希快步走過來，在超近距離仰望他。

「已經沒事了？」

「是啊，妳的右腳也已經不痛了嗎？」

「嗯。」

「這樣啊，太好了。」

「沒錯，彼此都能在騎馬戰拿出全力光明正大一戰哦？」

「這是最好的。」

相互露出無懼一切的笑容之後，有希換成有點惡作劇的笑容張開雙手。

「所以我來賠罪了。今天你就盡情疼愛我吧。」

「……這和平常有什麼不一樣嗎？」

「心情上不一樣。啊，對了，機會難得所以再做一次那個吧。公主抱。」

「而且還提出要求……話說，那個就像是火災現場的爆發力……」

「喔？意思是做不到？明明直到剛才都把艾莉同學抬高高卻抬不動我？」

「啊～～好啦好啦。來吧，嘿！」

政近注入幹勁，將手臂繞到有希肩膀與膝窩，一口氣抬起她的身體。

「呀呼～～！喔喔～～好棒好棒！啊哈哈好高喔～～！」

「慢著，腳不要亂晃啦！」
「好，維持這樣直到動畫馬拉松結束吧！」
「手臂會死掉的！」
「在出馬戰之前廢掉手臂。這也是選戰的……」
「光明正大跑去哪裡了？」
一如往常的兩人。
日常平凡無奇的互動。
在這樣的狀況中，揮除對於彼此的掛念……兄妹倆相互確認將會光明正大交戰。
就這樣，對決的日子來臨了。

第7話 如果是滾大球競賽大概會出事

十月下旬。在形容為秋天會引人起疑卻最適合運動的氣溫之中，進行著征嶺學園的運動會。

「……該怎麼說，真是有趣的光景。」

政近在學生會使用的帳棚眺望操場低語。

『紅隊好快！不過這時候從外線追過來的是綠隊的東山選手。加速狀況非常好。東山選手加速，東山選手加速，超前了——！第一名是綠隊的東山選手！』

「慢著，這是賽馬實況報導嗎？」

「賽馬……？政近同學，你該不會……」

「妳好像有所誤會，不是這樣哦？我是有玩賽馬遊戲，沒在玩現實的賽馬哦？」

朝著明顯在惡搞的廣播社員吐槽之後，身旁的艾莉莎隨即投以懷疑眼神，政近連忙辯解。

「話說，那個廣播社員也肯定受到同一個遊戲的影響吧……哎，不過觀眾好像很吃這一套。」

以白眼看向擠滿教師們與廣播社員的實況播報帳棚時，政近直到剛才在看的競賽那邊發生變化。

『啊～～！柔道社三年級的佐崎選手，在這時候放下沙袋了！佐崎選手就此淘汰！記錄是八分二十七秒！』

聽到這段播報的政近移回視線一看，一名高大的男學生惋惜般回到觀眾席的光景映入眼簾，也看見在淘汰者離開之後依然動也不動繼續站著的強壯男生們，還有井然排列的強壯男生們背後全速奔跑的女學生們。

「唔～～真詭異。」

沒有時間限制的舉沙袋競賽不知道會花多少時間，所以和其他項目同時進行……結果就是以肌肉自豪的男生們排列在跑道外圍，背後則是爽朗揮汗的女生們，呈現出這幅非常不平衡的光景。

『經過十分鐘的現在剩下十三人！留到最後的會是誰呢？』

「……會長真努力耶。」

在柔道社與橄欖球社這些對於肌力與體力抱持絕對自信的運動社團大力士之中，統也依然繼續留在賽場至今。不過大概是握力已經接近極限，沙袋逐漸從握著袋子邊角的手中滑落。

「唔哇，看起來好辛苦……真的是用指尖抓著耶……」

「會長應該很想重新抓好吧……不過稍微鬆手可能就會掉下去了。」

「是啊……」

覺得差不多快要淘汰的這時候，正在幫運動會執行委員會做事的茅咲從統也面前經過，而且看向統也不知道說了什麼。接著……

「喔，喔喔？」

似乎得到女友聲援的統也鼓足氣勢放開右手，讓右手鑽到沙袋下方，然後同樣讓左手也鑽到沙袋下方，舉高雙手以手掌支撐沙袋。

『喔喔～～劍崎會長！居然在這時候換姿勢了！但是看起來相當不平衡，這樣沒問題嗎？』

聽到播報員這麼說，艾莉莎也面有難色開口：

「確實，那樣的話就不必用抓的……」

「不，可是沙袋裡的沙子會動……要是往前或往後失去平衡就出局了。」

「說得也是……」

這是不利的賭局吧？政近與艾莉莎感到擔憂。然而一反學弟妹們的悲觀預料，統也以這個狀態一直舉著沙袋——

『啊啊～～！上泉選手在這時候放下沙袋了～～！優勝是劍崎會長！學生會長展現志氣了～～！』

「「「「喔喔喔喔喔喔～～！」」」」

觀眾席報以熱烈的歡呼與掌聲，統也當場放下沙包發出勝利的咆哮。此時茅咲跑過去和統也舉手擊掌。

『更科副會長給予祝福的擊掌！對劍崎會長的手臂造成致命的一擊！』

播報員的這句話引起笑聲，茅咲以氣勢朝著實況播報檯施壓。但她終究明白現在是什麼場合吧，茅咲早早回去協助執行委員，統也也回到學生會的帳棚。

「恭喜會長，您剛才好帥。」

「恭喜您。」

「喔喔，謝謝。」

政近與艾莉莎拍手迎接，統也疲憊的臉上露出笑容回答。

「您換姿勢拿的時候，我還以為已經沒勝算了……沒想到您居然撐到底了。」

「哎呀～～最後真的是以氣力決勝負。但我能夠獲勝的主要原因，應該是加賀美與西條學長沒上場吧。」

統也掛著有點無法理解的表情說出的名字，是在這所學校的運動社團具有頂尖知名度的兩人。這兩人在企劃階段就是這個舉沙袋競賽的優勝候補。

加賀美在橄欖球社被稱為絕對的王牌，爽朗英俊的橄欖球員。西條是擔任柔道社主將的全國級選手，以木訥又非常紳士的個性為人所知。兩人都很受女生歡迎，是在校內的知名度不下雄翔的學生……而且坦白說，男生對他們的好感度也遠高於雄翔。

「……哎，他們兩人沒上場，老實說我也覺得意外……但應該是對於單純的肌力比賽沒興趣吧？無論如何，您在運動社團選手之中確實拿下優勝，所以很厲害喔。」

「謝謝。總之這麼一來，我身為茅咲的男友算是留下不丟臉的結果了。」

統也說完滿足一笑。

在他背後看得見茅咲將沙袋堆成七層扛著走的身影，但是政近決定當作沒看見。

「說得也是。畢竟更科學姊也來擊掌了，肯定是覺得會長很可靠喔！」

「是嗎？那就不枉費我這麼努力了。哈哈哈！」

沒看見。執行委員送來推車卻被茅咲笑著揮動單手婉拒的光景沒人看見！播報員也沒提到這件事！

「（那個，政近同學……）」

「（我什麼都沒看見。）」

「（……也對。）」

艾莉莎也決定仿效政近視而不見。統也能在肌肉這方面受到女友依賴的這條男子漢之路還很漫長。

『那麼～～接下來是教師接力賽！每一隊的各年級各班導師必須接棒跑完全程！紅隊的第一跑者是一年A班的千田川老師！暑假開始戒菸的效果會在這裡發揮嗎？藍隊的第一跑者是一年C班的田畑老師！聽說最近交了小鮮肉男友！綠隊的第一跑者是一年E班的小日向老師！聽說在冬天也只喝涼水！黃隊的第一跑者是──』

在介紹選手時隨口爆料老師們的小情報，引得觀眾席哄堂大笑。政近也一起笑的時候，確認賽程表的艾莉莎靜靜站了起來。

「下下個競賽是扮裝賽跑，所以我該走了。」

「啊，這樣啊。路上小心。」

「喔喔，加油啊。」

目送艾莉莎離開之後，立刻有一名運動會執行委員前來搭話。

「不好意思～～可以幫忙準備投球競賽嗎～～？」

「好，知道了。」

「不不不，會長請休息吧。我去就好。」

政近讓統也坐在位子上，前去幫執行委員的忙。

「……嗯？投球？」

他沒有深入思考這個競賽的名稱。

◇

「有夠慘的……」

投球競賽準備完畢之後，政近也順便協助比賽進行……卻正如預料受苦受難。

政近負責的工作是扶著球籠的桿子，並且在賽後清點球數。既然要扶著桿子，就代表自己要來到球籠的正下方，這麼一來沒投中的球紛紛從天而降，要是低著頭就會頻頻命中後腦勺，想說乾脆抬頭往上看的時候不知為何有球從側邊狠狠打中臉頰。原本以為應該是有人不小心把球踢過來，但是後來也有好幾顆球從側邊飛過來是怎麼回事？很難相信這不是故意的。

「嗯，總之光是球籠沒破掉讓球全部掉下來就算好了！」

政近以過於悲哀的這句話安慰自己時，播報員告知下一場競賽開始。

『接下來是扮裝賽跑。』

進行這個通知的下一瞬間，清楚感覺到觀眾席的氣氛更加熱烈。

扮裝賽跑。各班派出一男一女出場，坦白說就是角色扮演大賽。而且在這種競賽，大致上每一班都會推薦外貌出眾的學生參賽……所以在起跑線附近的選手準備區，也看得見好幾個政近熟識的面孔。應該說一年級女生有一半和選戰有關。

（哎，雖然這種競賽沒什麼勝負可言……不過既然有希也上場，艾莉應該會努力拿下勝利吧。拜託千萬不要跌倒受傷啊？）

為了協助執行委員而在終點線待命的政近，朝著遠方所見的艾莉莎許下這個心願。在他這麼心想的時候，一年級女生們迅速站上起跑線，配合槍聲一齊起跑。

「喔喔～～不愧是艾莉，跑得好快。」

領先的是艾莉莎，後方是有希，除此之外幾乎並駕齊驅，眾人就這麼抵達了擺放好幾個漆黑塑膠袋的場所。

『好啦！抵達擺放服裝的場所了！在這裡的選擇會左右命運！』

依照扮裝的內容，換裝所需的時間或是跑步的難易度當然截然不同。甚至可以說勝負在這裡就幾乎分曉，總之，政近個人只希望艾莉莎能抽到易於跑步的服裝。

在政近視線的守護下，艾莉莎等人各自拿起塑膠袋，進入賽道途中架設的巨大遮光簾幕。

『所有人都進入換裝區了！那麼，首先出來的究竟會是誰呢？』

此外，準備服裝的手工藝社社員有好幾人在簾幕內部預備，所以即使是無法自行換穿的衣服也能放心……就是這麼回事。雖然也想抱怨根本不應該準備這種服裝，不過姑且有準備人手幫忙，所以換裝時間不會差太多的樣子。

數分鐘後，簾幕裡衝出一個人影。

『喔喔！首先衝出來的是……』

銀髮在陽光照耀之下飄揚。

『九条選手！』

「好！」

在觀眾的熱烈歡呼中，政近也振臂握拳。然後……

「嗯？」

重新看見艾莉莎的打扮，他皺眉僵住了。

洋溢青春氣息的白色水手制服。拎在肩上的藍色學生書包。而且……嘴巴叼著一片土司。

『喔喔這是！水手制服，不對！是經典少女漫畫主角的角色扮演——！』

這段實況報導引得觀眾席發出笑聲。另一方面，艾莉莎看起來明顯摸不著頭緒，但她就這麼規矩叼著土司奔跑。

隨風飄揚的銀髮，彈跳的裙子，甩動的土司。順帶一提，雪白的腹部在明顯太短的水手制服衣襬若隱若現，艾莉莎即將過彎的時候，部分觀眾表現出莫名其妙的狂熱。

「轉角！到轉角了！」

「到底會撞到誰呢……？」

在期待著某些事的奇妙視線聚集之中，艾莉莎沒特別引起什麼突發事件，沿著跑道奔跑。就在這個時候，第二名跑者終於衝出簾幕。

『喔喔，這時候出現的是……啊啊？』

瞬間亢奮起來的播報員聲音，立刻染上困惑的色彩，不過這是難免的，因為出現的是……與其說扮裝，應該說是布偶裝。

似乎是以紙與塑膠材質製作，一張非常脫線……討喜的臉，疑似是恐龍的紙糊裝。脖子部位露出綾乃面無表情的臉蛋。

『那個，是君嶋選手……吧。這是暴龍？應該是吧？看來她抽到非常沒勝算的扮裝了！』

即使猶豫判斷是否正確，播報員還是重新振作試著炒熱氣氛。在這個狀況中……

「呼！唔！」

綾乃暴龍以短短的雙腿拚命奔跑。紙糊的頭左右晃動，尾巴大幅擺動。即使如此還是完全跑不快，但她小跑步前進的模樣，使得觀眾席發出笑聲以及女生的開心尖叫聲。

「綾乃好可愛喔～～——！」

「好想帶回家！」

「快看這裡——！」

完全被當成吉祥物了。

此時，粉紅色的人影追著她從簾幕衝出來。

「唔哇，那個好慘……」

看見出現的後續人影，政近發出不敢領教與同情各半的聲音。因為那個粉紅色的人影……真的全身都是粉紅色。包裹全身的粉紅色緊身服，以及像是有長角的頭盔。

『喔喔？那是……某某戰隊的粉紅戰士嗎？看不出來！應該說甚至看不出是誰！』

隨著播報員的聲音，觀眾席也發出歡笑與驚叫各半的聲音。但是在這個時候，戰隊的粉紅英雄（英雌？）開始狂追綾乃暴龍，逗趣的追逐戰使得觀眾席被爆笑聲籠罩。

「英雄跑好快！」

「快逃啊！恐龍小姐快用力逃啊！」

在響起歡呼與聲援的環境中，政近也帶著苦笑低語。

「不，說真的她是誰啊？有希嗎……看起來應該不是，難道是乃乃──」

這個擔憂立刻被否定。

『喔，接著出現的是……喔喔！』

連續搞笑兩次之後出現正常的角色扮演服裝，播報員的情緒變得亢奮。

『這是……迷你裙女警？』

像是在嚼口香糖，一看就覺得是不良警察的金髮美少女現身，觀眾席氣氛沸騰。

「是我！來逮捕我吧！」

「警察小姐我有罪～～！」

在變態紳士們發出的低聲歡呼中，拿著手銬的乃乃亞以網襪包裹的美腿躍動奔跑。追著恐龍的戰隊英雄，緊追在後的迷你裙女警……真是詭異的光景。在政近如此心想的時候……

『喔喔！九条選手在這時候抵達終點！抽到好穿又好跑的服裝，這份好運助她跑出非常精彩的成果！』

艾莉莎衝過終點線之後，政近前去迎接。

「艾莉辛苦了，恭喜第一。」

「謝謝。」

「換衣服要到那邊的校舍……不過體育服還沒送過去吧。」
看向換裝區，有希剛好在這時候從簾幕中現身。
「喔喔，那是……」
「非常適合她耶……」
有希走出來之後，兩人對她的服裝率直發出感嘆聲。
令人感覺到潔淨的紅白服裝。黑色長髮束在身後，頭上是精緻的金工頭冠，手上拿著神樂鈴。
『喔喔！周防選手，居然是巫女服……而且是神樂舞的服裝！』
二話不說令日本人感受到神聖與典雅氣息的這套服裝，非常適合只要不說話就是清純美少女的有希。不過……
「看起來超難跑的。」
有希個子嬌小，所以紅色褲裙長了一大截，而且腳上穿著二趾襪與草鞋，那樣應該很難跑吧……然而一反政近的猜想，有希一邊注意別弄髒服裝，一邊以小跑步的動作跑出不只是小跑步的速度。
「唔哇，真虧她跑得動。」
「可是……以那個速度應該會吊車尾吧？雖然好像可以超越綾乃同學……」

「話說，二年級女生已經起跑了……從那個步調來看，綾乃甚至有機會被二年級超越喔。」

即使是第二個換裝完畢，綾乃卻接連被後續跑者超前，依然跑在賽道中段，艾莉莎與政近見狀露出五味雜陳的表情。剛開始微笑溫馨守護的觀眾，也擔心起隨時倒下也不奇怪的綾乃為她加油。然後有希終於在賽道剩下四分之一的時候追上綾乃……不知道對她說了什麼，然後牽起綾乃布偶裝的手，開始配合她的速度一起跑。

「原來如此，打這種主意啊……」

一起攜手跑向終點的選戰搭檔，觀眾席報以溫暖的掌聲與聲援。雖然已經確定吊車尾，但是她們一邊朝著觀眾揮灑笑容一邊光明正大前進的腳步，神奇地甚至像是冠軍遊行。

（唔～～這就是所謂的贏了比賽卻輸了勝負嗎……？這次是有希技高一籌。）

雖然沒有當著艾莉莎的面說出口，不過艾莉莎似乎也有同樣的想法，隱約以不甘心的表情看著有希。

「艾莉，臉。」

「啊──」

聽到政近這麼說，大概是自覺在瞪視有希，艾莉莎稍微露出做錯事的表情。此時政近為了切換心情而改變話題。

「話說我有個單純的疑問，綾乃那套服裝是怎麼裝進塑膠袋的？」

「那是……布偶裝本身原本放在簾幕裡面，塑膠袋裡是寫著『恐龍』的紙，以及灌水充數用的泡泡紙？之類的。」

「啊～～原來如此。」

「這麼說來，我也有點好奇一件事……『少女漫畫主角的角色扮演』是什麼意思？觀眾的反應好像非常熱烈……」

「啊啊……不，我也不知道詳細典故，不過叼著土司說『遲到了遲到了～～』跑步的女生是很有名的樣板角色。她會在轉角撞到男生，這個男生是她的真命天子……」

「是哦？所以才有土司……」

艾莉莎露出為難表情看著留下咬痕的土司，政近也稍微露出苦笑。

「不然那片土司就當成午餐——啊。」

此時有希與綾乃牽著手一起抵達終點，更熱烈的掌聲灑落賽場。政近也以執行委員助手的身分前去迎接兩人。

「辛苦了～～……哎，真的辛苦了，綾乃。」

「謝……謝……」

綾乃面無表情卻明顯透露疲態，政近由衷開口慰勞。

「怎麼辦？換衣服要去那邊的更衣室……如果妳走不動，我來幫忙吧？不然也可以用推車載妳過去。」

「不……沒問題的。在下察覺不要貿然用跑的，慢慢走會比較穩。」

「是嗎？不過如果很辛苦就別勉強……」

此時忽然歡聲雷動，仔細看就發現第四個二年級女生剛從簾幕走出來。而且這個人是……拿著玩具針筒與壓克力板夾，打扮成護理師的瑪利亞。

『喔喔喔？九条選手！是護理師！真是經典的角色扮演！而且適合得不得了！』

播報員的情緒也頓時高漲，但是觀眾席更加亢奮。明明清涼程度不算高，卻籠罩著異常的熱氣。

「啊，感覺肚子好痛！護理師小姐～～！」

「胸口，好難受……這是，戀愛病……？」

……結果甚至接連出現裝病的患者。氣氛熱烈的程度，甚至令人同情已經在跑的另外三名選手。

「（真，真是肉感的巨乳……！）」

有希輕聲說出超直接的感想，政近反射性地想要賞她一記耳光……卻想到有希還穿著角色扮演的服裝而打消念頭。在這段期間，跑者也接連換好服裝現身……不久之後，一個超猛的造型壓軸登場。

『唔喔喔喔？桐生院選手！居然在這時候穿上禮服！而且是超豪華禮服！』

如同中世貴族般，裙子大幅撐開的禮服。大大的寬簷帽。手上也是超花俏的扇子。加上那頭飄逸的縱捲髮。不用說就知道是堇學姊重磅登場。

「「慢著，太適合她了吧？」」

出乎意料異口同聲的兄妹吐槽。但是這也在所難免，這套服裝就是這麼適合她。而且……跑得超快。

『喔？桐生院選手好快！快到恐怖！為什麼穿那套禮服可以跑這麼快啊——？』

堇以扇子遮住嘴角，單手提著裙子，以驚人的速度奔跑。接連超越剛才先出發的其他跑者，一口氣逼近領先的集團。

「穿那種裙子為什麼跑得動……？」

「那個，我很想相信是自己看錯……不過桐生院學姊是不是穿著高跟鞋？」

在兄妹倆錯愕視線的守護下，堇在即將抵達終點時躍居第一，就這麼穿越終點線。

然後她傲然挺胸高聲大笑。

「喔～～呵呵呵呵，這是本小姐的勝利喔～～～！」

「……看來她很懂得該怎麼做。」

政近對於沒忘記服務粉絲的學姊懷抱敬意，前去引導跑到終點的二年級女生。

「更衣室在那邊校舍的一樓！領取換穿用的體育服之後請往那裡走！」

在政近這麼吆喝的時候，瑪利亞也抵達終點獲得第四名。

「啊，瑪夏小姐辛苦了。」

「久世學弟謝謝～～啊啊～～好可惜，明明只差一點就是第三名了……」

「真可惜。雙手拿著針筒與板夾，確實不太好跑吧。」

政近說著走向瑪利亞，感慨心想：

（不，與其說是巨乳……簡直是爆乳吧。）

像這樣近距離一看，就可以清楚知道某部位撐到緊繃的粉紅護士服發出快要爆開的哀號，令人不知道眼睛該看哪裡。

「嗚！」

某個東西從背後用力撞過來，政近稍微踉蹌。他連忙轉身一看，艾莉莎不知為何重新叼著土司，擺出要用肩膀衝撞的姿勢目不轉睛瞪向這裡。

「艾莉？怎麼了？話說妳還沒去換衣服嗎？」

「……」

即使政近這麼問，艾莉莎也不發一語。感覺這雙視線是在責備他對瑪利亞的遐想，政近流下冷汗。

「唉……瑪夏，我們走吧。」

「咦？可是我的衣服還沒送到……啊，對了久世學弟！有手機嗎？」

「啊？我姑且有帶在身上……」

「那就拍照吧？來吧，艾莉也一起拍。」

「咦？」

政近從體育服口袋取出手機的瞬間，就被瑪利亞用力拉住手臂。艾莉莎也同樣被拉住手臂，像是夾住瑪利亞般三人排排站。

「好，那麼久世學弟快拍吧？」

「那個……可以嗎？」

「為什麼？啊，逆光？」

「不是這個意思。」

瑪利亞隨口發揮少根筋的個性，政近正色吐槽之後，心想「既然她本人答應就好」舉起手機。

「來啦，艾莉也要再靠過來一點。」

「嗯……」

「好了好了，準備哦？來，笑一個！」

「啊，那我要拍了～～」

政近就這麼依照要求，把手機設成前置鏡頭按了幾次快門。也順便拍了幾張只有艾莉莎與瑪利亞的版本。

「謝謝～～久世學弟，晚點要把照片傳給我哦？」

「啊，好的。」

意外獲得兩人的角色扮演照片，政近懷著開心又內疚的心情點頭。就在這時……

「政近同學。難得有這個機會，我們也可以拜託你嗎？」

「啊，那我也要～～」

「方便也幫我拍嗎？」

有希與乃乃亞，甚至連堇也接連舉手，角色扮演攝影會場（攝影師只有一人）緊急開幕。為想要拍照的眾人拍了一輪照片之後，旁邊傳來一個聲音。

「來～～這裡是二年級各位的體育服～～！衣服上面有寫名字，請來領取自己的喔～～！」

看向該處，手工藝社的社員提著黑色塑膠袋過來，政近朝著其中一人揚起眉角。

「這不是開衩大姊大嗎？」

「是的～～久世兄辛苦了～～什麼什麼？在拍照嗎？」

「是啊，大家拜託我拍……」

「喔～～這樣啊這樣啊。」

「照片給我。」

開衩大姊大笑咪咪說完點了點頭，走到政近面前，然後突然正色開口：

「不給。」

「為什麼！」

「因為有肖像權啦！」

「那麼，我家的孩子們也有肖像權喔！」

「難道妳是在說衣服嗎？」

「沒錯！」

「拖鞋姊……妳聽好。」

「嗯，雖然我不是拖鞋姊，不過什麼事？」

「衣服……沒有肖像權。」

「只是法律上這麼規定吧？」

「這是哪門子的回應？」

「久世兄……在我們社團裡，人是衣服的附屬品哦？」

「……咦，怎麼回事好恐怖，突然聽不懂妳在說什麼了？」

「換句話說，拍照的時候主要也是在拍衣服，穿著衣服的人只不過剛好在那裡被拍到的存在。」

「抱歉，繼續聽的話感覺我的認知會扭曲，所以我回去工作了。」

只不過，政近的工作是引導跑到終點的人，以及在必要的時候提供協助，所以比賽時沒什麼特別的工作要做。像是逃走般結束話題回到終點時……開衩大姊大不知為何跟了過來。

「喂，妳也回去工作啦。」

「別這樣別這樣。」

「慢著怎麼了？」

政近如此反問時，三年級女生接連走出遮光簾幕。

『喔喔！名良橋選手！居然是穿旗袍——！』

第二個走出來的依禮奈，一邊朝周圍揮手一邊在跑道奔跑。開得很高……開得超高的裙衩底下，毫不保留地展現修長的美腿。

此時，一隻手輕輕放在政近肩膀，轉頭一看是表情洋洋得意的開衩大姊大。她默默擺出一副跩樣，以拇指指著自己的臉。

「……」

「不，我知道妳在說那套衣服出自妳的手，但是這種絕妙地令人火大的無言宣傳還是免了。」

原來妳是想要這麼做嗎？政近半傻眼吐槽之後，將視線移回依禮奈。

「話說回來……開衩也開得太高了吧？連依禮奈學姊都那樣的話，某些人穿起來搞不好連屁股都露出來了。」

「這部分你想想，可以用繫繩巧妙調整。」

「啊是喔……不過，真虧依禮奈學姊敢那麼大方……啊，不過好像有點害羞。」

「意外有著青澀的一面耶～～名良橋學姊。」

臉頰稍微泛紅僵硬，稍微透露嬌羞模樣的依禮奈，漂亮地穿過終點線拿下第一。

「耶～～！」

「恭喜依禮奈學姊……換衣服是在那裡。」

「咦，為什麼這麼快就要催我過去？我聽說有攝影會。」

「沒有啊？」

「剛才不就在拍了嗎～～機會難得所以也拍我一下啦。」

「知道了啦……」

「太棒了！快看快看！」

政近一舉起手機，依禮奈就露出惡作劇般的表情捏起旗袍後側的布料輕輕擺動。

「唔哼～～喲～～」

「好啦好啦很性感很性感。」

「慢著，反應真隨便！應該可以多稱讚幾句吧！」

「妳臉都紅了，別勉強。」

「啥？這是因為剛才在跑步啦！」

「心悸呼吸困難的症狀聽說吃中藥很有效哦？」

「不准把我當成老人！我還是鮮嫩欲滴的十八歲！」

「真正的十八歲不會自稱鮮嫩欲滴吧？」

「欸，久世同學，你對依禮奈學姊是不是有點太尖酸了？」

「是嗎？我對待不必客氣的女生大多是這種感覺，對吧？」

「說得也是，嗯。」

開衩大姊大同意之後，不知為何一臉錯愕的依禮奈摀住嘴角，裝出噙淚的模樣。

「好過分！原來我不是唯一特別的人！」

「……嗯，總之這麼不必客氣的學姊很少見，基於這個意思來說算是特別吧。」

「什麼嘛～什麼嘛～我果然是特別的吧～哎喲，久世學弟真是死相。」

「居然說死相……妳真的很常使用這種會被懷疑年齡的字眼。」

「你說誰是老太婆？」

「我沒說我沒說。好了好了，我要拍了喔～」

政近說著看向手機畫面。

「不，製作者可以不要同框嗎？」

看見開衩大姊大很自然站在依禮奈身旁，政近賞白眼吐槽。

第8話 成長得真是出色

「參加借物賽跑的各位同學請往這裡～～！」

「第一組的人到前面！第二組的人們請排在他們後面！」

運動會執行委員揮手大喊，政近依照指示排隊。

『那麼接下來的競賽項目是借物賽跑。由我學生會公關周防有希代替廣播社負責實況報導。』

此時傳來可愛又響亮的這個聲音，令觀眾席歡呼炒熱氣氛。仔細一看，坐在播報檯的有希露出親切笑容揮手。

（那傢伙……在這種地方也要賺取人氣嗎？公關這個職位果然很奸詐吧？雖然是我創立的。）

看來確實有效，一起排隊的其他學生明顯興奮起來。

「咦，千金小姐實況播報？真的假的，說不定她會叫到我的名字……」

「如果故意慢慢跑，她會不會對我說『請加油』啊？」

「那個～～各位有在聽嗎？請聽我說明啦！」

執行委員朝著慾望橫流的男生們大喊。

「那張桌子放著寫了題目的紙。首先請跑過去選一張紙！然後去尋找紙上題目寫的東西，找到之後請再回到桌子那裡！從檢查人員站的那個位置沿著跑道跑，抵達那邊拿著旗子那個人的位置就是終點！檢查人員會確認各位拿來的東西是否符合題目要求，如果在那裡失敗就要重來，所以請各位注意喔！沒有好好沿著跑道跑的話也要重跑！」

執行委員拚命想要盡到職責。然而……

「咦？拿著那個旗子的是九条同學吧？」

「喔，真的耶。果然好顯眼。」

「聽我說話啦！」

這次男生們的視線朝向站在終點的艾莉莎。政近不禁以同情眼神看向怒吼的執行委員。

（總之，畢竟是半娛樂性質的競賽……大家應該沒有認真想贏吧。哎，我也只要不是墊底就好……）

就在這麼想的時候，政近感覺到某種毛骨悚然的視線轉身一看，是正在筆直注視這裡的艾莉莎。

（……啊，要我確實拿下勝利是吧。我知道了。）

不喜歡敗北的搭檔以說服力強大的眼神如此要求，政近重新繃緊神經。

（哎，雖然配分比較少，不過前三名還是會得分……在這種時候就努力賺點分數吧。）

在征嶺學園的運動會，會以班級為單位分成四隊競賽積分。就算贏了也不會怎樣，而且A班的有希與B班的政近、艾莉莎都是紅隊，所以不需要在這裡點燃競爭心……不過這種事應該和艾莉莎無關吧。

（凡事都全力以赴，只要是比賽一定要獲勝。這就是我的搭檔大人。）

政近像是無可奈何般轉動肩膀……用力吐出一口氣，換成認真的表情。雖然心想只要正常以前三名為目標就好，政近卻完全認真起來了。旁人懷著半玩樂的心態，他則是拋棄成熟心態打算拿下勝利。

「那麼下一組的各位請往前！」

此時輪到自己上場，政近在起跑線前方擺出衝刺架式。

「預備～～！」

在起跑槍聲清脆響起的同時，政近猛然往前衝。大概因為聚集在此參賽的果然不是對於腳程有自信的學生，真要說的話是喜歡祭典氣氛的學生，所以政近一馬當先抵達了長桌。

（拜託了……來一個好找又好搬的東西吧！）

然後他一把抓起正中央區域的紙，迅速開啟。寫在紙上的是──

〔別人的女友〕。

「…………」

政近閉上眼睛，朝天空抬頭，一秒後重新低頭看手上的紙。

〔別人的女友〕。

不只如此，角落還以小字附上「※有男友的女性（已婚除外）」這句註解。

（開什麼玩笑啊啊啊────！這哪借得到啊啊啊────！）

看第二次之後，政近終於認清現實，在內心咆哮。

（「不好意思，請哪一位把女友借我吧！」這種話我哪敢說啊笨蛋！基本上不可能找陌生人，如果是認識的人，就某方面說也超尷尬的！）

而且還詳細附上「已婚除外」的註解。這麼一來也不能去家長席選擇自己或是朋友的母親。

（如果自己的姊妹有來參觀……慢著，正常來說應該不會來看自家兄弟姊妹的運動會吧。這麼一來果然只能從學生找——）

政近咬牙切齒感到煩悶。有希的實況播報傳入他的耳朵。

『這是怎麼了呢？首先抵達出題桌的紅隊久世同學站著不動了！是抽到了什麼難題嗎？在這段期間，其他選手接連去尋找要借的東西了！』

正如有希所說，後來抵達的學生看起來不太猶豫就散開。回過神來發現只剩下政近留在長桌前面。

（一直待在這裡會妨礙下一組嗎……可惡該怎麼辦？我認識很多有女友的人，但是借用熟人的女友果然……不，等一下？）

剎那間，數十分鐘前的記憶在政近腦海甦醒。

『藍隊的第一跑者是一年C班的田畑老師！聽說最近交了小鮮肉男友！』

（嗯！就是她了！）

一冒出這個想法，政近就衝向教職員聚集的帳棚，然後朝著好奇看過來的老師們大聲發問。

「不好意思！請問一年C班的田畑老師在嗎？」

政近在等待回應的同時也自己尋找，此時靠近前排的一位老師這麼說。

「田畑老師被借走了喔。」

「有這種事？」

脫口而出的大喊引得老師們哄堂大笑。覺得有點不好意思的政近轉過身去，確實看見田畑老師在終點和高大的男學生牽手排隊等待確認。

（真的假的，怎麼辦？要等嗎？不，等到確認符合題目要求之後回到跑道，還要再跑到終點一次，這樣花太多時間了！有沒有別人——）

這一瞬間，政近想到了。許多學生知道已經有男友，而且即使政近借用也完全沒問題的人物。

想到這個人選，猶豫約三秒之後，政近跑進自己剛才所在的帳棚，然後下定決心，朝著坐在折疊椅的目標人物伸出手。

「瑪夏小姐！麻煩妳了！」

「咦？啊，嗯。可以哦？」

瑪利亞瞬間為難般眨眼，牽著政近的手站起來。政近緊握她的手跑向操場。

（啊，總覺得……好懷念。）

昔日在公園和小瑪玩的回憶在腦中重現，政近明知還在比賽卻露出微笑。

然後他配合瑪利亞的速度愉快奔跑，將視線掃向操場跑道。

（其他選手……只有一人嗎？好，這樣的話有勝算！）

一名拿著陽傘的學生跑在前方，不過其他學生還沒回來。從「一想到就能馬上找到」的這一點來說，政近抽到的題目或許算是好籤。政近如此心想，卻立刻自行否定。

（不，絕對不是好籤，嗯……不過依照題目指定的物品，說不定光是要找到誰有帶就很辛苦，搞不好還得去校舍拿……相較之下，這個題目還有機會拿下前幾名。）

如此心想的時候，政近抵達放著題目紙的長桌，重新沿著跑道跑向終點——

『啊，紅隊的久世同學？借來的東西請好好「搬運」哦？』

此時聽到的播報員聲音，使得政近頓時停下腳步。就這麼慢慢轉頭朝著播報檯一看，遠遠就看得出表情非常愉快的有希再度開口：

『具體來說，跑操場的時候，借來的東西要抬起來避免接觸地面哦？』

有希實況說明之後，觀眾們發出聲援與起鬨的聲音。

「加油～～！」

「公主抱吧～～！」

「當個男子漢吧，久世～～！」

承受周圍不負責任的煽風點火，政近臉頰僵硬。

（居然說公主抱……不不不，我辦不到。要用公主抱跑完這段距離真的辦不到。抱有希就算了，抱瑪夏小姐的話手臂絕對會死掉。何況都借用別人的女友了，要是還做出公主抱這種行為也太渣了吧！）

煽風點火的學生當然不知道題目是什麼。恐怕以為是〈學校第一美女〉或是〈崇拜的學姊〉這種有點難為情的題目吧。證據就是……

「公……公主抱？唔唔，討厭啦～～」

瑪利亞以雙手包覆臉頰，露出為難的笑容搖晃身體。但因為嘴角放鬆所以看起來不太為難，而且視線不時瞥過來。

（總覺得看起來像在期待，是我多心嗎～～瑪夏小姐？不，肯定不是多心吧。）

面對像是隨時聽得到「雖然很害羞，不過久世學弟想要的話就可以哦？」這個心聲的視線，政近嘴角抽動。

【居然要用公主抱抵達終點，簡直是……呀啊～～♡】

撤回前言，她在想更激烈的事。正在幻想穿過人生的單身終點線。政近對此也不由得忘記正在賽跑而臉紅。此時……

『久世同學停下來的這段期間，其他選手回來了！現在這樣還不知鹿死誰手！』

此時有希的實況播報傳入耳中，政近回神抬頭。轉身一看，拿著單眼相機的學生正往這裡衝過來，後方還有一個不知為何拿著熊擺飾的學生。

「那是從哪裡借來的啊？」

總之先吐槽抱著木雕熊的學生之後，政近咬牙切齒。

（不妙……這樣下去的話連第三名都不保？～～！啊～～真是的，沒辦法了！）

政近瞬間下定決心，將題目紙塞進口袋，背對瑪利亞蹲下。然後無視於周圍的煽風點火以及瑪利亞充滿期待的視線，朝著背後這麼說：

「我要用揹的。瑪夏小姐，請上來吧。」

「咦，咦咦？可是我流了一些汗……」

「我不會在意的！快點！」

政近加重語氣催促之後，在內心告誡自己。

（明白嗎？現在要趴到我背上的是小瑪。我要揹著充滿活力的天使小瑪奔跑。所以完全沒什麼好害羞的！不可能想入非非！）

在腦中打造阿薩揹著小瑪的影像，重整意識之後……政近的背部被無比柔軟又溫暖的觸感包覆。

（天啊唔喔喔小瑪是不是成長得好大了～～？）

壓倒性的柔軟觸感一瞬間將影像中的小瑪塗抹替換。修飾的影像被無情的物理手段摧毀，政近陷入僵直狀態。

「沒，沒事嗎？不會重嗎？」

「沒事。請抓穩……」

以不同於重量的意義來說不算沒事，但是政近動員所有理性隱藏內心的慌張如此催促。接著，瑪利亞的雙手圍繞脖子，完全放鬆身體。被重力吸引的瑪利亞身體，已經以超過零距離的密著度貼在政近背部。

（唔喔喔喔變形了！雖然不能明說，但是好大的東西在肩胛骨附近變形了！）

對於人生第一次體驗的觸感，政近在腦中發出不知道是哀號還是歡呼的叫喊並且站起來了。雖說「站起來了」卻不是什麼奇怪的意思。稍微彎腰是因為在揹人，並沒有別的意思。沒有就是沒有。

（啊啊可惡！你這個沒節操的傢伙夠了吧！趴在我背上的是小瑪！不准對小瑪抱持骯髒的慾望！想死嗎？）

政近再度這樣拚命告誡自己，盡量不去注意背上的觸感，同時將手繞到瑪利亞的雙腿──

好軟。

「……」

背部的神經密度比較低又隔著體育服，所以根本比不上如此真實又直接的肉感，政近的思緒瞬間被拋到九霄雲外。不只如此，腿被抓住的瑪利亞害羞般悄悄扭動身體。

「唔，討厭啦，有點不好意思……因為我腿很粗……」

「不，哪有……」

即使反射性地否定，政近的意識也被自己抓住瑪利亞膝窩到大腿部位的雙手囚禁。肌膚光滑柔嫩的觸感傳到手掌。被艾莉莎開啟的腿控大門，以像是鉸鏈會彈開的強烈力道完全開啟。

（原來如此……大腿就是要粗才是大腿。）

不只如此，總覺得還有某種奇怪的真理即將開悟。不過在這個時候，拿著相機的學生從旁邊超前，政近回過神來。

「啊，我要開始跑了！」

「唔，嗯。」

至少要跑進前三名。如此心想的政近就這麼揹著瑪利亞奔跑。

『久世同學好快！快到不像是揹著一個人！』

大概和有希抱持相同感想，觀眾席剛才發出的捉弄聲，如今也變成驚訝與歡呼的聲音。但是若要以這麼快的速度奔跑，必須付出相應的代價。

「嗚！」

腳每次踩踏地面，沉重的衝擊就傳到雙腿與手臂。不只如此，瑪利亞身體密合緊貼又柔軟摩擦的觸感傳到整個背部。

（唔嘎啊啊啊——！趴在我背上的是小瑪！是天使小瑪～～！）

毫不客氣無情毆打理性的這股觸感，政近一邊咬緊牙關忍耐一邊奔跑。像是要甩開一切般奔跑。

此時，隔著跑在前方的學生，看得見站在終點的艾莉莎。

（啊，慘了。）

這個身影進入視野範圍的瞬間，政近直覺這麼想。

而且就像是證明這個直覺正確，艾莉莎蘊含藍白色火焰的眼睛看向被政近揹著的瑪利亞，看向緊抱政近的瑪利亞雙手，看向政近抓住瑪利亞雙腿的手，而且在最後將視線移回來注視政近的臉。目不轉睛地注視。

（慢著，真恐怖！）

背脊竄過一陣寒意的同時，神祕的罪惡感迎面而來。劈腿的感覺再度湧上心頭。

「呼～～」

「咿？」

右耳突然被吹一口氣，政近不禁發出奇怪的聲音。接著背後響起清脆的笑聲。

「嘻嘻，好可愛的反應。」

接著傳來隱含小惡魔音調的這個聲音，刺激政近的後頸。

「瑪夏小姐？妳，妳在這麼多人面前做什麼……」

「沒事的～～因為我有小心別被發現。」

在耳邊這麼呢喃，環繞脖子的手臂增加力道。

「（真不想交出去……）」

輕聲說出這句小小的細語。

政近看不見瑪利亞說話時的表情，還沒詢問這句話的意思就抵達終點。

『久世同學以第三名抵達終點！』

「到終點了，久世同學。好了，把瑪夏放下來吧。」

「啊，好。」

「題目的確認在那裡。」

艾莉莎以僵硬語氣冷淡說完就撇過頭去。然而，從政近背部下來的瑪利亞自然和政近牽手的瞬間，她猛然轉過身來。

「嗯？艾莉？」

瑪利亞露出詫異表情歪過腦袋，艾莉莎抽動眼角向她開口：

「瑪夏……應該不需要牽手吧？」

「咦？但我是久世學弟要借的東西……」

「是沒錯啦，可是……」

「好的～請到這裡確認題目～～！」

此時被執行委員搭話，政近一邊在意艾莉莎，一邊稍微鬆口氣走過去。艾莉莎的視線在這段期間也狠狠插在政近背上，刺激他的罪惡感。

（不，我並沒有做什麼壞事……）

即使如此還是會冒出罪惡感，這大概是男人的本性，或者是因為心虛吧……

（話說，瑪夏小姐……？）

瑪利亞剛才故意在艾莉莎面前牽手，政近感覺這個行動怪怪的，觀察她的側臉。

「？」

察覺政近的視線，瑪利亞就這麼面帶微笑稍微歪過腦袋，從她這副模樣感覺不到特別的用意。不過……

（「不想交出去」嗎……）

「好的，那我來確認題目用紙。」

「啊，好的。」

政近從口袋取出紙，遞給檢查人員。

「呵呵，題目是什麼呢～～？」

瑪利亞以更勝於以往的愉快模樣這麼說——

◇

「唔……」

一分鐘後，學生會幹部使用的帳棚裡，看得見非常難得鼓起臉頰的瑪利亞。

「瑪夏小姐？那個，妳好像在生氣？」

「我在生氣。」

戰戰兢兢問完立刻被這麼回答，政近縮起脖子。大家剛好都出去了，帳棚裡只有他們兩人，所以政近必須直接承受瑪利亞的怒氣。

「那個，久世學弟……」

「呃，有。」

被坐在身旁的瑪利亞叫名字，政近肩膀稍微一顫。然後瑪利亞就這麼面向前方，只移動視線看向政近開口。

「我沒有和阿薩以外的人交往過哦？」

「啊……好的。」

突如其來的話語令政近覺得有點害臊的時候，瑪利亞整個人轉過來探出上半身。

「我一～直只喜歡你一個人。」

「謝……謝謝？」

「這樣的我在全校學生面前……承認自己是你以外的人的女友，你知道我現在是什麼心情嗎？」

「啊——」

看見這張透露憤怒與悲傷的表情，政近強烈後悔了。

「……對不起，是我顧慮不周。」

「不行，我不原諒。」

政近像是被罪惡感壓垮般低下頭，但是瑪利亞拒絕他的謝罪。

「如果不和我約會，我就不原諒！」

「咦，約會？」

完全出乎預料的話語，使得政近不由得抬起頭。

「對，約會。改天要帶我進行非常浪漫的約會一整天，否則我不會原諒。」

「非常浪漫的約會嗎……」

「嗯，會讓我忍不住臉紅心跳的那種約會。」

這件事說起來難度滿高的。

因為政近自己的約會經驗值很少。

而且說起來，都已經察覺艾莉莎的戀心，和瑪利亞約會的話到底會如何呢……

「知道了嗎？」

「啊，好，好的。」

雖然還在猶豫，但是懾於瑪利亞將臉迅速湊過來的氣勢，政近不由自主點頭了。

「嗯，那就好。」

接著，瑪利亞像是稍微回復心情般重新面向前方。

意外決定要和瑪利亞約會，政近內心忽然慌了起來……但是目前困惑的心情更加強烈。他稍微懷疑般注視瑪利亞的側臉，察覺視線的瑪利亞稍微歪過腦袋。

「怎麼了？」

「啊，不……」

可以問嗎？政近強烈猶豫、苦惱數秒之後……戰戰兢兢開口：

「那個，雖然不知道是否可以在現在這時候問這個問題……」

「什麼事？」

「瑪夏小姐……妳希望我好好面對艾莉的心意，對吧？」

這是兩個月前在那座公園聽她說出的心願。

政近認為那無疑是瑪利亞的真心話。正因如此才覺得不對勁。剛才在艾莉莎面前和他牽手的瑪利亞，以及她突然提出的約會邀請都不對勁。

「嗯，沒錯喔。」

但對於政近的疑惑心思，瑪利亞很乾脆地點頭回應。乾脆到政近不禁覺得掃興。

「久世學弟，我希望你好好面對艾莉的心意。這是真的哦？」

瑪利亞以真摯態度這麼說的時候，一名執行委員在帳棚外面叫她。

「瑪夏抱歉！可以幫個忙嗎？」

「啊，好的～～」

瑪利亞聽到這聲呼叫之後站起來，前進數步。

「不過——」

她在這時候轉過身來，有點害羞般臉紅這麼說。

【在最後，記得要選我哦？】

第9話 遭遇

「……艾莉？出馬戰的成員是不是差不多該集合一下了？」

「應該還不用吧？」

「不，可是畢竟人數那麼多……」

政近說的沒錯。即使腦中理解，艾莉莎還是緊閉嘴唇以沉默回應。此時一名執行委員前來搭話。

「那個～不好意思，可以過來幫忙收拾一下嗎？」

「我去。」

「咦，喂，艾莉……」

「我立刻回來。」

艾莉莎抓準機會接受這個要求，雖然政近連忙出聲制止，她卻以冷淡聲音打斷。

「……知道了。我自己先去召集成員吧。」

「……麻煩你了。」

政近沒多說什麼就讓步，艾莉莎對此稍微冒出罪惡感，快步前去幫忙。

（唉……搞不懂我在做什麼。）

對於自己不合理至極的這種行動，艾莉莎在內心自嘲。但她現在無論如何都不想見到瑪利亞。

剛才借物賽跑的光景在腦中揮之不去。牽手奔跑的兩人。緊貼著彼此邁向終點的兩人。只要想起這幅光景，不知道是憤怒還是厭惡的情感就在艾莉莎胸口翻騰。

（什麼嘛，真是的。）

艾莉莎知道，只因為題目湊巧是那種內容，所以政近逼不得已要帶著瑪利亞前往終點。關於這一點，政近與瑪利亞都完全沒做錯。明明知道，內心的陰霾卻沒有消散。

看見被政近牽著手奔跑的瑪利亞，艾莉莎差點忍不住大喊：「不准碰！」在去年校慶被政近牽著手跳土風舞的回憶，在夏季祭典被政近牽著手穿越神社境內的回憶，感覺都被瑪利亞弄髒了。至今不曾感受到的不講理漆黑怒火令內心備受煎熬。而且對方好歹是姊姊卻對她抱持這種情感，使得自我厭惡的感覺湧上心頭。

（我知道的……這只是被害妄想。瑪夏一點都沒錯。）

瑪利亞沒錯。沒……錯……？

（不，雖然沒錯！但瑪夏那是什麼表情？居然貼得那麼緊，真是不檢點！）

掛著笑容被政近揹著的瑪利亞，轉而讓艾莉莎的貞操觀念發出激烈的警告聲。

（女生……不能隨便被男生摸身體吧？這種事應該只限於真正以心相許的對象……明明有其他喜歡的人，卻做出那種事……有希同學自己也要檢討一下！）

想著想著，內心的怒火逐漸高漲，也遷怒當時設局要政近揹瑪利亞的有希。

（明明肯定知道瑪夏有男友，卻指示做出那種行為……雖說是規定，這種事，何況有希同學也一樣，動不動就對政近同學摸啊摸的……政近同學也要多拒絕一下啦！）

延燒永無止境，艾莉莎像是要發洩這股熊熊的怒火，將大隊跳繩用的繩子塞進體育倉庫。

「謝謝～～九条學妹，妳幫了大忙。」

「……不用客氣，因為我也是學生會成員。」

「這樣啊……出馬戰加油喔！我會聲援妳！」

「謝，謝謝……」

意外獲得執行委員學姊的聲援，艾莉莎即使困惑也露出笑容道謝。就這樣準備從體育倉庫回到操場……但是雙腳果然還是很沉重。內心的火勢在剛才發洩之後平息，不過這次卻因為反作用力導致自我厭惡的感覺愈來愈強烈。

（唉……去洗個手吧。）

低頭看著因為收拾器材而稍微弄髒的手，艾莉莎以此為藉口前往附近的洗手間。

然後她上完洗手間走出來，不得已回到操場……在途中發現一名老奶奶在遠離家長席的場所獨自徘徊。

（嗯？為什麼會在這種地方……）

艾莉莎稍微歪過腦袋，確認周圍沒有其他人之後，下定決心走向那名老奶奶。

「那個，您在找什麼嗎？」

艾莉莎略顯顧慮搭話之後，老奶奶迅速轉過身來，稍微睜大雙眼。

年紀大約六十多歲吧。身穿亮色上衣再披上寬鬆的印花長袖外套，是有點花俏卻時尚的服裝，搭配慈祥又和藹的氣息，給人高雅貴婦的印象。

（某企業的會長夫人……之類的嗎？）

考慮到學校性質而這麼推測時，老奶奶像是有點吃驚般輕聲開口：

「哎呀，妳……」

「？」

「啊啊，對不起哦？我在找自動販賣機……」

「啊，自動販賣機在那個方向……我帶您去。」

「哎呀可以嗎？謝謝妳。」

還不想回到政近身旁的艾莉莎，對於將她的提案解釋為純粹親切的老奶奶感到少許內疚，走向附近的自動販賣機。

「今天陽光比想像的強，感覺很熱對吧？所以想喝點冰涼的飲料。」

「這樣啊。確實感覺不太像是秋天。」

「就是這樣喔，這也是因為地球暖化嗎？」

大概是喜歡聊天，即使艾莉莎無法特別貼心回話，老奶奶也不以為意，掛著和藹的笑容說下去：

「我的孫子也說，新的夏季制服與舊的夏季制服一直換來換去。」

「啊啊……我班上也是這種感覺。現在是有兩種夏季制服的狀態，所以很多人會在不同的日子換穿。」

「這樣啊……不過十一月開始就要換成冬季制服吧？真希望到時候天氣可以再涼一點。」

「說得也是。」

大概是因為這股和藹的氣氛，艾莉莎沒特別覺得不好聊就抵達自動販賣機。

「謝謝，我買瓶飲料送妳當謝禮吧。」

「不，別這樣……」

「不用客氣。好啦，選妳喜歡的吧？」

「不，真的沒關係。」

重複推辭數次之後，艾莉莎拗不過老奶奶，指向最便宜的礦泉水。

「那麼，我選這個……」

「哎呀，選這個就好嗎？不是還有果汁之類的嗎？」

「不，我接下來還有比賽。」

「啊啊，說得也是。不過既然這樣，運動飲料之類的不是比較好嗎？」

「這種飲料會在喉嚨留下甜膩的感覺，所以我不太喜歡……」

「這樣啊，畢竟把自己的親切強加於人也不是好事。我知道了。」

說完之後，老奶奶開始投錢按按鈕。

「那個，老爺子要可樂……」

「這個嗎？」

「啊啊，謝謝。」

對於老爺爺的選擇，艾莉莎稍微歪過腦袋，幫忙按下最上面那排的按鈕，然後接過礦泉水寶特瓶在手中把玩。

（那個，當場喝掉比較好嗎……）

艾莉莎稍微思考這種事，不知不覺錯失道別的良機。和老奶奶一起沿著原路返回。

「真的謝謝妳這麼親切。」

「不客氣……因為引導家長也是學生的……是執行委員的工作。」

「真是溫柔的小妹妹……而且還這麼漂亮。漂亮到希望妳嫁給我孫子。」

「啊哈哈……」

「哎呀對不起，我開玩笑的。」

「不會……」

「而且啊，像妳這麼漂亮肯定很搶手吧？有喜歡的人嗎？」

「這種的，還沒有什麼機會……」

「這樣啊……總之也不是需要著急的事。」

老奶奶不經意說出的這句話，令艾莉莎覺得稍微獲得救贖。

在遊樂園感受到的孤獨感與疏離感。似乎只有自己被拋下，逐漸耐不住的焦躁感。

感覺一陣清澈的涼風吹入內心。

（如果是這個人……或許願意回答我的煩惱。）

腦中竄過這道直覺，艾莉莎回神的時候，已經向這位連名字都不知道的老奶奶說出煩惱。

「我……不知道。不知道戀愛是什麼……也不知道這和單純的好感有何不同。」

艾莉莎斷斷續續說出來之後，老婆婆看向她的臉，然後大概是從她的側臉感受到什麼，面向前方開朗回應。

「很難懂對吧。我到了這把年紀，也還不知道確實的答案。」

「咦，是這樣嗎……？」

明明已經結婚，甚至有孫子了啊？懷著這種疑問的艾莉莎視線，引得老奶奶就這麼面向前方一笑。

「我當然知道戀愛是什麼哦？但是沒有連定義都知道得很透徹。因為我覺得這真的因人而異。」

「……」

到頭來只以這種籠統的回答做結嗎？艾莉莎稍微感到失望時，老奶奶又說道：

「說起來，我認為『戀愛』指的並不是單一的情感。」

「咦？『戀愛』不就是『戀愛』嗎？」

「是的，不過戀愛之中包含著各種情感吧？」

「……？」

艾莉莎冒出問號，老奶奶慢慢說明。

「憧憬、尊敬，或是友情。當然也包括妳剛才說的，身而為人的好感。而且對於某些人來說是執著或憎恨。雖然這麼說很低俗，或許也包括單純的性慾。」

「性，性慾……」

「不過，這也肯定是戀愛的一部分吧？像這樣的各種情感全～部包括在內，就是所謂的戀愛……我自己是這麼認為的。」

「……」

老實說，艾莉莎無法率直同意這個說法。依照艾莉莎的角度，她認為友情或尊敬和戀愛完全不一樣，若說連執著或憎恨也包含在戀愛當中，她不得不感到質疑。

（戀愛這種情感，不是應該更加純粹……閃亮又美麗的情感嗎？）

腦中自然而然冒出這個模糊的反駁。只是……對於還在探究「戀愛」這個陌生情感為何物的艾莉莎來說，老婆婆的解釋非常新穎。

艾莉莎也知道友情與尊敬之類的情感。如果這些情感集合、高漲到最後會誕生戀愛情感……或許艾莉莎總有一天也能理解。

「……我受益良多。」

「呵呵，是嗎？那就好。總之剛才那是我的想法，所以妳不用那麼深入思考，聽進去一半左右就好吧？」

老奶奶說完一笑，艾莉莎也回以微笑……聊著聊著，回過神來已經走到家長席。

「那個，我差不多該……」

就在艾莉莎這麼說，準備向老奶奶告別的這時候……

「喔喔，麻惠！為什麼和九条小姐在一起？」

被一個似乎在哪裡聽過的聲音從斜後方叫名字，艾莉莎吃驚轉身。然後……看見站在塑膠墊上看著這裡的高瘦老人，她的臉頰完全僵住。

「咦，啊，記，記得是……政，久世同學的……」

「喔～～妳記得我嗎？哎呀～～抱歉上次甚至沒能好好自我介紹。我是政近的爺爺久世知久。」

「啊，我是九条艾莉莎……慢著！」

也就是說……艾莉莎轉身一看，老婆婆按著嘴角一笑。

「哎呀，我真是的。重新自我介紹一次，我是久世麻惠。」

「唔……」

慢半拍認知現狀之後，艾莉莎內心頓時慌亂不堪。

（政近同學的……奶奶？咦，慢著，我居然向政近同學的奶奶諮詢戀愛問題？）

艾莉莎陷入半恐慌狀態，大腦大概是想逃避現實吧，她在這時察覺不重要的事。

（話說回來！情侶裝！都這把！年紀了！情侶裝！）

看著身穿亮色襯衫加上花俏印花外套的知久，艾莉莎在腦中放聲大喊。

不，沒關係。看起來時尚又恩愛所以是好事。不過……如果自己的爺爺奶奶打扮成這樣，艾莉莎不太想和他們走在一起。

她在這個時候重新看向老奶奶——麻惠的臉，驚覺一件事。

（對了，那個時候……我搭話的時候！）

睜大雙眼說出「哎呀，妳……」的那個反應。當時以為只是老奶奶覺得銀髮碧眼很罕見，所以艾莉莎不以為意……

（難道說，她早在那時候就察覺了？）

直覺這麼想的艾莉莎注視麻惠，麻惠像是有點抱歉般笑了。從這個反應察覺一切的下一瞬間，近乎亂發脾氣的憤怒以及遠勝於此的害羞在艾莉莎內心爆發。

「～～～～……………！」

艾莉莎發出不成聲的聲音顫抖身體，在這時候察覺坐在知久身旁的女性。

（該不會是……政近的母親——？）

掠過腦海的直覺引得身體一顫，隨即感覺不對勁。

（咦？可是記得政近同學的父母……？）

造訪過好幾次，除了政近之外沒有任何人的公寓住家。艾莉莎回想起先前聽感冒病倒的政近說過的話，皺起眉頭……和女性四目相對。

「……？」

忽然間，艾莉莎覺得這張臉似曾相識，眉心的皺紋加深。

「唔，喔喔，這位是──」

察覺到艾莉莎視線的知久，看向身旁的女性開口──就像是要打斷他的話語，女性站起來行禮致意。

「初次見面，我是周防有希的母親，叫做周防優美。」

「啊，有希同學的……初次見面，我是和有希同學一樣加入學生會的艾莉莎．米哈伊羅夫納．九条。」

「嗯，我聽女兒提過妳的事……」

看著以戰戰兢兢的語氣移開視線如此回應的優美，艾莉莎察覺似曾相識的原因。

（啊啊，原來如此……和有希同學長得很像。）

看起來實在沒有霸氣，應該說缺乏自信的那張表情和有希截然不同……但是臉蛋本身非常相似。艾莉莎在這麼接受的時候冒出疑問。

（為什麼政近同學的爺爺奶奶，會和有希同學的母親在一起……？）

對於這個理所當然的疑問，知久哈哈笑著回答：
「哎呀～～剛才看到優美她一個人來，我就邀她說要不要一起看了。」
「呃……這樣啊。」
雖然嘴裡這麼說，艾莉莎卻在某方面無法釋懷。
（雖說是兒時玩伴……連爺爺奶奶都會處得這麼好嗎……？）
在內心納悶的艾莉莎，不知道該對沉默的優美說些什麼而僵住。此時，一個熟悉的聲音向她搭話。
「喂～～艾莉，差不多該……」
抬頭一看，政近略顯顧慮地揮手走向這裡。大概是循著艾莉莎的銀髮前來的。此時政近慢半拍看向艾莉莎附近的兩人，並且板起臉。
「唔呃，為什麼爺爺奶奶和艾莉在一起……」
然後，政近視線移向他們身旁的女性——空氣凍結了。
「政……政近同學？」
政近睜大雙眼，表情出現裂痕，令艾莉莎嚇了一跳。沿著他的視線一看，優美也以相同的表情看著政近。
（咦，什麼？怎麼回事……）

艾莉莎不明就裡交互看著兩人，不過兩人的對峙在政近移開視線之後結束。只是因為氣氛過於異常所以感覺很久，實際上應該是五秒左右的事吧。

「……對方也已經在集合了，我們走吧。」

「咦……啊，嗯……那個，再見。」

「好的，再見。」

「嗯，有機會的話再見……啊，政近！晚點一起吃午飯吧！」

「我跟朋友吃所以免了。」

即使知久呼叫也沒回頭，政近冷淡說完就走掉了。不像他平常個性的這種態度，促使艾莉莎連忙隨後跟上。

「政近同學，為什——」

然後走到政近身旁，看見他的臉之後倒抽一口氣。

憤怒、憎恨與悲傷。彷彿各種情感混合之後在臉皮底下捲成漩渦的駭人表情。和平常的政近相差甚遠的這張表情使得艾莉莎語塞。

「……」

大概是沒有餘力改變態度掩飾，即使承受艾莉莎的視線，政近也不發一語。這也不像一如往常的他，艾莉莎不知道該說什麼。

（要說什麼，該說什麼……我……什麼都…………）

話語滴溜溜地在腦中與喉嚨深處空轉。必須要說些什麼。但是該說些什麼……艾莉莎什麼都想不到。所以……

「！」

艾莉莎默默將手上的寶特瓶按在政近臉頰。

「好冰！」

剛買沒多久的寶特瓶還很冰，使得政近嚇一跳停下腳步站遠。然後，面對皺眉看向這裡的政近，艾莉莎把臨時想到的事情說出口：

「對爺爺說那種話……我覺得不好。」

結巴說出來之後，自己都心想「我在說什麼啊」覺得難為情。就這樣，對於艾莉莎來說很尷尬的沉默經過數秒之後……政近輕聲一笑。

「說得也是。總之，偶爾陪他一起吃飯吧。」

一如往常半開玩笑這麼說完，政近放鬆表情。艾莉莎對此鬆一口氣的同時……「這次又沒能問任何問題」的羞愧想法依然在內心捲動。

其實有更想問的問題。為什麼見到有希的母親會做出那種反應？和她到底發生過什麼事？好想知道。好想在知道之後對他說幾句話。但是……已經決定要等待了。

（總有一天……你會告訴我。你是這麼約定的……）

所以我會等。等待總有一天政近願意對我說的那時候。在這之前……我會成為政近更能依賴的搭檔。成為政近願意說出自身痛苦的可靠搭檔。

（為此……我也不能輸。）

而且……除了這件事，艾莉莎還想對政近說另一件事。要在今天的出馬戰獲勝之後對政近說。然後……

「啊，阿哩莎來了～～」

「妳好慢。」

「辛苦了，艾莉同學。」

「辛苦啦。」

願意並肩作戰的同伴們。乃乃亞、沙也加、光瑠、毅。

「啊，對不起～～我遲到了嗎～～？」

「咦，遲到了？還算是安全上壘對吧？」

瑪利亞、依禮奈。然後是……

「哎呀，看來我們是最晚到的。」

悠然又大方，抬頭挺胸，晃著引以為傲的縱捲髮現身的她。

艾莉莎以笑容迎接她。看到艾莉莎的笑容，她也露出優雅又有力的笑容回應——

「辛苦了，拜奧蕾特學姊。」

「我叫做堇！」

對於政近的問候，她回以強烈又犀利的吐槽。

◇

這是在兩週前，在放學後的教室討論要拜託誰幫忙時的事情。

「……不能拜託桐生院學姊嗎？」

聽到艾莉莎這麼說，政近也慢慢點頭。

「應該……可以吧。畢竟拜奧蕾特學姊好像也很欣賞妳……」

「欣賞我？什麼時候？」

「妳想想，就是校慶結束，她帶著桐生院過來道歉的那時候……」

秋嶺祭即將結束時，堇帶著雄翔造訪校慶執行委員會總部，向執行委員長、副委員長以及學生會眾人說明事情原由，低頭道歉。而且堇也當場個別向艾莉莎道歉……

『沒什麼需要道歉的事。桐生院學姊和那場騷動無關，何況我也沒輸給妨害的小動作讓演唱會成功了。不提這個，謝謝您協助鎮壓騷動。』

艾莉莎這麼說完反過來低頭致意，堇對此露出滿意的笑容。「遇到什麼困難的話，我會成為妳的助力。」她這麼說。

「……當時她確實說過會成為我的助力，我也打算藉助她的力量……不過這和她欣賞我是兩回事吧？」

「不，我認為她那樣算是相當欣賞妳哦？說起來，拜奧蕾特學姊對於自己說的話抱持強烈的責任感，我覺得她不太會說『成為助力』這種話。」

「是嗎……」

艾莉莎以開心與懷疑各半的表情歪過腦袋。政近對此稍微苦笑，忽然托腮開口：

「我想想……若能獲得拜奧蕾特學姊的全面協助，或許也能動員四季姊妹……」

「四季姊妹？」

「啊啊，是風紀委員會……應該說女子劍道社的知名姊妹，雖然這麼說卻不是真正的姊妹……反正有這樣的四人組。總歸來說就是除了大將更科學姊之外，女子劍道社的先鋒、次鋒、中堅與副將……」

「呃……？」

「拜奧蕾特學姊是副將，在這個四人組是長女的地位，所以或許可以請她們幫忙？

而且四人的話剛好可以組一隊。如果請得到她們，以知名度與戰力來說都無從挑剔……啊，話說妳也看過哦？妳想想，就是在那場鞭炮騷動壓制犯人的——」

◇

就這樣……艾莉莎自己敢宣稱是最佳成員的眾人齊聚在這裡。

三名女學生接在董身後現身，然後在董的兩側站成一列……側身而站。

董自己也稍微側身站立，清脆打響手指。在這之後，右側看起來很活潑的雙馬尾少女挺胸大喊。

「新橋菖蒲！」

接著，更右側的中性造型女學生伸手遮住單邊眼睛開口。

「大守桔梗。」

再來是反方向戴眼鏡的女生輕推眼鏡說。

「倉澤柊。」

然後，董輕撥縱捲髮自報姓名。

「桐生院董。」

在最後，四人異口同聲。

「「「「我們四季姊妹，前來討教！」」」」

像是隨時會在背後轟隆一聲發生爆炸，威風凜凜的登場表演。看見這一幕，沙也加感動至極般慢慢點頭並且鼓掌。毅像是被帶動般歪著腦袋鼓掌。

「喲，乃乃亞學妹，妳的屁股還是一樣讚耶～～我可以摸嗎？」

「五萬。」

「好貴！咦，順便問一下是幾分鐘？」

「兩秒。」

「居然是秒？咦，啊，可以刷卡嗎？」

「妳居然要付嗎？」

依禮奈無視於四人，向乃乃亞進行性騷擾，政近忍不住吐槽。

「那個，瑪夏小姐，肚子又露出來了……」

「啊，討厭啦～～」

被稍微別過臉的政近如此指摘，瑪利亞整理衣服。

重新眺望聚集的同伴們……艾莉莎輕聲呢喃。

【選錯人了嗎？】

第10話 出馬戰

「那麼，請各位多多指教。」

艾莉莎高聲一呼，現場聚集的所有人點頭回應。

事前集合進行模擬戰練習的時候，料想得到的對方戰術以及應對作戰已經分享給所有人。現在在這裡只進行簡單的確認。

雖然只是這樣……不過那個艾莉莎面對這麼多人親自運籌帷幄的模樣，對於政近來說感觸良多。

（真的成長了……）

政近以欣慰與寂寞各半，像是監護人般的眼神注視艾莉莎時……

「話說回來，那個……」

毅看向依禮奈，戰戰兢兢地開口：

「名良橋學姊……真的要以這個打扮上場嗎？」

場中的視線被毅帶動，集中到依禮奈身上。對此，依禮奈將手抵在臉蛋側邊，露出無懼一切又充滿自信的笑容。

「名良橋學姊……？不，你錯了。現在的我是神祕的支援選手——性感假面！」

赫然睜大雙眼的依禮奈，眼部戴著化妝舞會使用的蕾絲扮裝面具。沒錯，以面具隱藏身分。這正是政近邀請依禮奈參加出馬戰時提案的讓步。順帶一提，面具與假名的選擇是依禮奈自己的品味。

「太完美了，依禮奈學姊。更正，性感……噗，假面。」

「你剛才稍微笑了？」

「不，完全沒有。」

政近若無其事搖頭，然後正經八百地點頭。

「總之這麼一來，基本上不會被其他學生看出來……萬一被看出來，也足以讓大家知道依禮奈學姊並不是公開表態支持我與艾莉。」

「呼呼，是嗎？」

依禮奈一副滿心歡喜的樣子，將綁成馬尾的頭髮輕輕一撥。此時光瑠略顯顧慮發出懷疑的聲音。

「不，我覺得正常來說應該會穿幫……」

「光瑠，你說這什麼話，只要遮住眼睛就絕對不會穿幫，你不知道這個鐵則嗎？這次為求謹慎連髮型都換了，當然不可能穿幫吧？」
「不，這是只限於漫畫或特攝的鐵則……而且髮型也只是綁起來的位置換了，還在誤差範圍內……」
光瑠說到這裡，像是要徵得贊同般看向周圍……
「依禮奈好迷人～～超帥的～～」
瑪利亞一副傻呼呼的模樣。
「算是相當不錯吧？」
沙也加的阿宅心酥癢難耐。
「那種面具我除了攝影第一次看見。」
乃乃亞置身事外。
「比想像的還要時尚耶。我們下次也戴看看吧？」
以董為首的四季姊妹似乎躍躍欲試。不知道這些傢伙想組成什麼戰隊。
就是這種感覺，和光瑠一樣做出疑惑反應的只有艾莉莎與毅。面對自己居然是壓倒性少數派的這個現實……
「……哎，名良橋學姊覺得沒問題就好。」
光瑠屈服於多數派了。此時實況播報響起。

『各位，雖然剛進入午休時間……但現在要開始進行特別節目「出馬戰」！』

這段宣言令觀眾席歡聲雷動。

『那麼事不宜遲請選手進場！首先是進場門這邊，九条久世組進場！』

歡呼聲與充滿期待的視線集中過來，政近等人從進場門來到操場。

『大將騎！騎手，艾莉莎・米哈伊羅夫納・九条！座騎是久世政近、瑪利亞・米哈伊羅夫納・九条，以及……那個……』

播報員說到最後一人的時候有點結巴，稍微難為情般宣布。

『神，神祕的支援選手，性感假面。』

配合這句奇怪的介紹，依禮奈扮成的性感假面「耶～～」地擺出水平的勝利手勢。

對此，觀眾席發出充滿困惑的聲音。

「到，到底是什麼橋學姊呢……」

「那是……哪個奈小姐嗎？」

「加油～～某某學姊～～」

聽到這些聲音，政近緩緩點頭。

「不愧是性感假面，完全沒被看出來。」

「是嗎～～？但我總覺得聽到很多令人在意的聲音耶？」

「社長～～請加油～～！」

「啊，好的～～♡……慢著！我不是社長啦！」

連忙朝著像是管樂社社員的女學生揮手回應之後在下一秒否定，依禮奈展現這種漂亮的自我吐槽。然後大概是終究覺得不安，她輕聲詢問前方的政近。

「呃，欸，這樣真的沒問題嗎？」

「沒問題的。我剛才也說過，大家至少知道妳扮裝的意義才對。」

「是這樣嗎……」

「就是這樣喔。」

依禮奈歪頭納悶，政近以充滿自信的態度安撫。

（總之，應該也有人認為扮裝是依禮奈學姊在鬧著玩，而且就算有扮裝，光是依禮奈學姊參賽就造成十分強大的影響了。）

他沒刻意把這種心機說出口。

在這段時間，隨著播報員的選手介紹，觀眾席也響起學生們興奮的聲音。

「喔喔喔？桐生院學姊？而且那不是風紀委員會的成員嗎？」

「是女子劍道社的四季姊妹！那四人居然參賽，真的假的？」

「座騎是九条學姊與名良……某某橋學姊，再加上樂團同伴嗎……感覺除了某某橋學姊都是不出所料的人選。」

「不不不，這成員很驚人吧！不只是曾經敵對的候選人谷山同學，還加上桐生院學姊！看來她真的想組織夢幻陣容的學生會……」

「啊，說得也是。如果第一學期致詞的內容是真的……該不會也打算迎接桐生院學姊進入學生會吧？如果是這樣，我就想支持九条同學了！」

周圍的學生投以善意的視線。看見艾莉莎找來的成員，所有人都是眼神閃亮，想像今後可能成立的新學生會，內心一陣火熱。

（幫手們順利抓住人心……配合艾莉「即使是對立候選人也會迎接成為同伴」的這個信念，找學生會相關人員擔任主力果然是正確解答。）

看見周圍學生展現的反應，政近也感到滿足。

「……咦？這麼一來久世不就是超級後宮狀態了？」

……也有部分學生察覺不必要的事，但是政近決定充耳不聞。

『再來是退場門這邊，周防君嶋組進場！』

政近這邊的選手介紹完畢，接下來是有希與綾乃進場。一看見她們的成員，政近目瞪口呆：

「喂喂喂……那是怎樣，真的嗎？」

「唔哇，看來一點都不想輸！」

「這還真是……帶來一群實力派的佼佼者耶。」

依禮奈發出不敢領教的聲音，堇發出佩服與警戒各半的聲音。其中，沙也加慢慢輕推眼鏡冷靜這麼說：

「除了擔任騎手的加地學長與淺間學姊，另外八人恐怕都是運動社團的王牌級社員……簡直是『我心目中的最強隊伍』。」

「她的人脈足以實現這種陣容……就是這個意思吧。如果要展現人脈的廣度，這是最好的宣傳方式……」

「而且還很細心安排，除了大將騎馬隊以外是男女各四人……是在宣傳自己不分性別廣受支持嗎～～？」

正如光瑠與乃乃亞所說，觀眾席響起許多佩服有希人脈的聲音。

政近任憑聲音自然傳入耳中，懷抱強烈的戒心注視有希與綾乃身後待命的兩人。位於那裡的是統也在舉沙袋競賽結束之後提到的兩人。

「加賀美學長與西條學長……想說怎麼沒參加舉沙袋競賽……原來如此，是為了這場比賽保存體力與肌力嗎？這……真是棘手。」

「那兩人是之前提到的……確實，女生們相當興奮尖叫。」

「哎，因為他們好像很受歡迎……尤其是加賀美學長。說到知名度與身體能力兼具的男生，那兩人真的是頂尖水準吧？他們看起來不太想介入學弟妹的選戰，我也沒把他們列入預測名單……沒想到會被說服參賽。」

「當然是因為那樣吧？」

政近和艾莉莎交談時，乃乃亞以不經意的語氣插嘴。

「因為那兩人喜歡呦希吧？」

「…………啥？」

出乎預料的這句話，使得政近正色轉過身來。乃乃亞半閉雙眼承受他的視線，平淡說下去：

「需要這麼吃驚嗎？呦希很受歡迎，沒什麼好意外的吧？」

「……」

政近默默將視線移回前方。看得見兩名學長面帶笑容和有希交談。同時，艾莉莎之前說的話語在腦海重新播放。

『騎馬戰的四人騎馬隊，騎手要坐在後面兩人的手臂或肩膀上吧？換……換句話說就是……後面的兩人會摸到我……我的屁股……不要！我絕對不要！』

當時聽到這段話，政近在內心傻眼。覺得艾莉莎的潔癖太嚴重了。然而……

（抱歉艾莉，我錯了。）

那兩人的手會碰到有希的身體。對有希抱持非分之想的，那兩個傢伙的手……

（該殺。）

內心單純地冒出殺意。

（你們這兩個混蛋……是得到誰的許可，膽敢以沾滿下流心態的手摸我的寶貝妹妹……小心我用發勁宰了你們。）

「喔喔～阿世殺氣騰騰耶～」

「政近同學……？」

聽到艾莉莎疑惑的聲音，政近回過神來。然後他暫時將殺意藏在心裡，決定事後再和學長們談一談，並且切換意識。

「不，我沒事。總之確實是很難纏的對手，不過既然綾乃站前面，我們應該不會因為身高與機動力敗北。到頭來在正式交戰的時候，騎手要是姿勢往前傾，承受負荷的是站前面的人。」

「也對……」

「不提這個……沙也加與堇學姊沒問題嗎？」

「我叫做！……是要應付那兩人吧？沒問題的。」

「……學姊剛才反射性地想吐槽對吧？」

「你在說什麼？」

朝著迅速撇頭的董賞白眼之後，沙也加扶正眼鏡開口：

「我也沒問題。對決的時候我可不打算手下留情。」

「是嗎……」

即使對於兩人可靠的話語感到安心，政近內心依然充滿不悅。

（雖然早就猜到了……不過果然是那兩人擔任騎手嗎？）

對於沙也加與董來說，加地泰貴與淺間霧香是國中部時代尊為正副會長的人物。雖然兩人嘴裡說沒問題，但無論如何果然是她們不忍心對付的對手吧。雖然不知道有希盤算到什麼程度，但她恐怕在提案改成團體戰的時間點就猜到沙也加會上場。董或許在預料之外……不過依禮奈上場也被她猜到了。而且對於依禮奈來說，那兩人是學生會時代的學弟妹。以這個角度來說肯定也是不忍心對付的對手。思考到這裡的時候，政近忽然察覺一件事。

（咦？不過這對於他們來說也一樣吧？）

泰貴與霧香面對學弟妹的時候，肯定也會猶豫是否要爭強取勝。不惜忽視這個不安要素也由那兩人擔任騎手是基於什麼想法……政近如此思考時，選手介紹完畢了。

『失去資格的條件是頭帶被搶走，或是騎手落馬摔到地面！在大將失去資格的時間點就決定勝負！禁止抓頭髮或是拳打腳踢之類的暴力行為！但是可以衝撞！以上！』

停頓片刻之後，播報員高聲宣布：

『那麼請雙方隊伍各自組成騎馬隊！』

聽到播報員的指示，政近暫時中斷思考，和艾莉莎相視點頭。

「總之按照作戰進行。」

「嗯。」

簡短交談之後，政近等人各自組成騎馬隊。騎手騎上三名座騎，以蹲下狀態待命。這段期間，艾莉莎向所有人搭話。

「按照事前的討論，對方應該會發動混戰。盡量調整成一對一的戰鬥，桐生院學姊對付那個方向的……」

「說成男子騎與女子騎就好吧？」

「也對。請學姊對付男子騎，沙也加同學對付女子騎。」

「知道了。」

「收到。」

「那麼……拿下勝利吧。」

聽到艾莉莎最後說出的這句話，在場所有人用力點頭。然後……

『雙方隊伍，請起立！』

依照播報員的指示，六組騎馬隊一齊站直身體。雙方隊伍的對峙，使得觀眾的熱量也達到最高潮——

『特別節目「出馬戰」開始！』

戰爭的序幕揭開了。然後，發生了出乎政近他們預料的事態。

「唔？」

敵方的三騎之中，除了大將騎的兩騎奔向這裡。戰局進展和預料的完全不同，政近想要指示暫時後退……卻把話語吞回去。

（不可以，騎手是艾莉，我不應該在這時候下指示。）

從艾莉莎放在肩膀的雙手，感覺得到艾莉莎的慌張。和艾莉莎的手相疊的瑪利亞與依禮奈肯定也有感覺到吧。但是政近他們相信隊長，默默等待。

「……」

就這樣，經過焦急的數秒之後……艾莉莎大聲開口：

「桐生院學姊、沙也加同學，請前進。盡量在遠一點的地方迎擊，以免那兩騎接近這裡。」

「知道了。」

「收到，出擊吧。」

「我們暫時退後，避免被捲入戰鬥……稍微觀望戰況吧。」

「收到，退後十步。」

政近通知後方的瑪利亞與依禮奈，很有默契地一邊計算十步一邊後退。然後重新眺望戰況，在內心感到疑惑。

敵方的兩騎接近過來，但是堇與沙也加分頭前去迎擊之後，他們減速擺出準備應戰的架勢。而且在敵我距離縮小到某個程度之後，居然停下腳步了。

「那是怎樣～正在和我們互瞪耶。」

「停下來了……？」

這也是出乎預料的動作，依禮奈與瑪利亞都發出困惑的聲音。

以為是積極進攻，卻是慎重的戰法。對方男子騎的座騎都是健壯的男生，加上身高差距，感覺和堇他們也能打得不相上下。至於女子騎這邊，也因為騎手霧香是桌球社，所以老實說沙也加他們應該略遜一籌。

如果冷靜分析戰力，對方就沒有在這時候消極應戰的理由。真要說有的話，應該就是剛才想到的「因為是學生會的前輩與後輩」這種心理上的理由……

（這種東西，不是早就已經割捨才上場嗎？）

自以為已經割捨，真正對峙的時候卻不忍心對付嗎？雖然不是不可能，不過兩人同時出現這種心態……老實說很難想像。

（如果不是這樣，那麼這個膠著狀態本身就是有希的盤算嗎……？）

搞不懂。但是無論理由為何，現狀只有協助者的兩騎在互瞪。

（這樣沒辦法炒熱氣氛喔……）

無論當事人怎麼想，這場出馬戰始終是餘興節目。換句話說不提勝負，觀眾要求的是某種程度的「精彩演出」。

大將躲在後方，只讓同伴戰鬥的這種狡猾戰法，沒有任何觀眾想看。以這種做法撿到勝利，好感度反倒會下降。這麼一來就是本末倒置。而且這種程度的事，剛才在扮裝賽跑堅持進行那種精彩演出的有希當然知道才對。

（正因如此，所以我以為她會發動混戰……）

「大將完全沒戰鬥，只由同伴打倒敵將」會招來不好的評價，但是「大將自己化為誘餌，協助同伴打倒敵將」就很帥氣。

在有希提出三對三團體戰的時間點，就猜測有希的目的是造成混戰。正因如此，所以指示沙也加與堇他們壓制大將騎以外的兩騎。而且沙也加與堇依照指示，像是要包圍男子騎與女子騎般慢慢從外側繞過去。

「從側面……順利的話企圖夾擊嗎……如果對方拒絕被夾擊而移動，就某方面來說也可以分別隔離……」

政近說出這個預測的時候，對方的兩騎採取行動了。為了避免從外側被包抄，各自開始朝著反方向移動。結果……開出一條筆直通往對方大將騎的路。

「呃～～這是……正如預料，對吧？」

「唔唔～～總之？雖然和原本想像的不一樣……但是現在的話可以單挑……是這樣嗎？」

瑪利亞與依禮奈像是感到困惑地觀察著對方並如此開口。艾莉莎與政近也抱持相同的困惑。

是的，正如預料。既然對方以混戰為目的，這邊就以單挑為目的。對方之所以希望改成團體戰，是因為沒有自信能在一對一獲勝。那麼要是演變成單挑的局面，對於對方來說是最壞的進展……

（明明肯定是這樣才對……但這是怎麼回事？）

簡直像是在說「請過來吧」開出的路。雖然這對於政近他們來說是求之不得的狀況……但正因如此，所以感覺毛毛的。

「這是陷阱……嗎？我們進入那邊四騎中央的瞬間，就會從兩側一口氣被夾擊變成混戰嗎……？」

刻意說出疑惑，將想法分享給同伴。

「還是空城計？明明其實什麼都沒有，卻像是設好陷阱般守株待兔，等待我們這邊消耗體力……？」

這邊有兩名座騎是女生，加上騎手比對方重。要是變成持久戰明顯是這邊不利。

（可惡，好討厭的感覺。）

不禁覺得自從開戰……不，自從提出改成團體戰後，就一直被對方掌握主導權。明明狀況肯定不差，卻不知為何像是逐漸被逼入絕境……不過，政近只知道一件事。

（現在這個狀況正如有希的盤算。）

就是這件事。那麼，若要改變這個狀況……若要掌握主導權，現在該怎麼做？

「出擊吧。」

沉入思緒之海的政近意識，被艾莉莎的聲音拉起來了。

「相信同伴，邁步前進吧。我會打倒有希同學。」

那是充滿信賴感的堅強聲音。明明自己應該也有迷惘，卻完全不令人這麼覺得，那道消除同伴內心迷惘的聲音，毋庸置疑……是領導者、統率者的聲音。

（啊，真厲害……艾莉，妳……不知何時已經能發揮這麼強的領導能力了……）

胸口洋溢感嘆之情。就這樣，像是在艾莉莎聲音的引導之下，政近感覺堅定的意志逐漸高漲。

「收到了，大將。」

政近隨著無懼一切的笑容這麼說完，腦袋被輕輕拍了一下。緊張的心情因為這一拍而完全放鬆，政近露出有力的笑容。

「要出擊了喔，瑪夏小姐、依禮奈學姊。」

「嗯。」

「那就好好幹一票吧！」

「喂，好像有個嘍囉混進來了。」

「沒禮貌！你說老娘哪裡是嘍囉的啦？」

「注意第一人稱與語尾。」

政近和依禮奈的搞笑吐槽引得眾人稍微發笑，艾莉莎重新發號施令。

「全速前進！一口氣直指大將！如果大將後退，就和同伴夾擊先打倒女子騎，接著打倒男子騎！」

「「「收到！」」」

一齊回應艾莉莎的號令之後，政近等人往前跑。發揮默契，以練習時跑得出來的最快速度前進。

就像是回應這個行動，有希他們也開始前進。

決戰的氣息逐漸接近，艾莉莎抓著政近肩膀的手也開始用力。

「！」

就這樣，彼此的距離縮短到一半……敵隊在這時候有動作了。

分開到左右兩側的兩騎掉頭進逼而來，就像是要將直奔而來的獵物咬碎的下顎。

夾擊之後演變成混戰。戰局朝著擔憂的方向演變，但是政近、瑪利亞與依禮奈都沒有停下腳步。

因為艾莉莎說過。要相信同伴。三人將這句話放在心上，只看著前方前進。

『啊啊！這是夾擊──不對，桐生院選手好快！啊，怎麼樣？啊，啊！拿下了！桐生院拿下頭帶……慢著，喔喔？好強的衝撞！宮前選手，整個人撞向掉頭的對手──啊啊！完了是兩敗俱傷……啊啊雙方落馬！是同歸於盡！』

播報員報導同伴的奮戰。朋友們似乎強行攔阻敵人成功，擔心的情感瞬間掠過政近胸口。然而……

「前進！」

這也被艾莉莎的堅定聲音去除。政近從這個聲音獲得力量，接著就只是用力瞪向前方。

（和堇學姊合力夾擊……這種狡猾的戰法不採用。來吧，一決勝負！）

說實話，政近內心冷靜的部分，呼籲應該避免正面硬碰硬對決。

還沒有脫離有希的盤算。有一股主導權依然被對方掌握的預感。不過……這種事就別管了。

我們的主將選擇正面突破。何況最重要的是這麼做比較痛快。

（不搞小伎倆的正面突破，簡直是主角的王道吧？）

政近露出充滿亢奮感的猙獰笑容奔跑。

彼此的距離縮短。十公尺，五公尺，三公尺……接近到這個距離的時候，對方突然停下來了。而且原本站著的有希坐在座騎上。

（唔，想往旁邊繞嗎——？）

會往哪個方向移動？政近定睛注視……察覺有希坐在座騎相當後方的位置，而且把手放在後方兩名男生的肩膀。這個姿勢簡直是……

（疊羅漢的……三人仙人掌……？）

以直覺這麼判斷的剎那，一股衝擊竄過政近的身體。

「唔！啊？」

迎面而來的衝擊引得政近低頭一看，察覺自己被綾乃全力抱住。由於帶頭的政近突然停下來，三人的步調被打亂。

（等一下，那麼有希——）

政近連忙調整姿勢向前方一看，有希踩在兩名男生的雙手，身體使力前傾——

「「預備，起！」」

以力氣自豪的兩名男生配合呼吸，一口氣高舉手臂——有希的身體在天空飛舞。

（真的假的？）

雖然連忙想閃躲，政近卻被綾乃抱住無法好好行動。

「撐住！」

他只能這麼大喊，緊握瑪利亞與依禮奈的手。在他的頭上——

（唔，什麼——？）

艾莉莎看見整個人跳過來的有希，完全停止思考。

然後……她情急之下擺出「接住對方」的姿勢。

也暫時忘記正在比賽，踩穩身體張開雙手等待有希，就這樣拚命接住捨身跳過來的這個朋友。

她閉上眼睛，咬緊牙關承受衝擊。然後——

「謝謝，對不起嘍？」

耳際聽到隱約這句像是惡作劇的呢喃之後——隨著頭髮被拉扯的觸感，頭帶被搶走了。

「拿到了！」

有希說著高舉頭帶，觀眾席同時發出困惑與歡呼聲。

『喔喔？周防選手拿到頭帶了！但是這……不對，有效！周防選手還沒落地，而且座騎在規則上准許衝撞，所以判定有效！』

播報員在這時候停頓片刻之後宣布：

『出馬戰是周防君嶋組獲勝！』

艾莉莎隱約懷著錯愕的心情聆聽這句引得觀眾響起熱烈的歡呼與掌聲的宣言。

終章 這就是……

出馬戰結束，艾莉莎位於空蕩蕩的一年B班教室。和大家道別之後，即使瑪利亞邀她去和父母用餐，她也隨便編個理由離開，然後逃進這裡。午餐什麼的……她實在沒心情吃。

坐在自己的座位，背對操場傳來的喧囂聲，心不在焉眺望教室。

『對不起。』

艾莉莎說出這句話低頭的時候，集結的同伴沒有任何人責備她。但是同伴的這份溫柔令她不好受。

「……」

艾莉莎不知道。背負同伴的期待卻背叛這份期待，原來是這麼痛苦的事。

因為以往一直都是孤單一人。即使沒得到想要的結果，原因也全部在於自己，背負這個結果的也只有自己一人。但是現在……

「！」

相信並且協助艾莉莎的朋友們。新加入成為同伴的學姊們。以笑容扶持艾莉莎的姊姊。還有……

「～～！」

腦海浮現這張臉，艾莉莎趴在桌上。咬緊牙關，用力高舉拳頭，無力打在桌面。

開心過度了。自以為是了。結交了許多同伴，被他們承認是領袖。對於能夠立下這種優異表現的自己感到開心。於是陶醉於這種全能感，覺得自己無所不能……因而判斷失誤。

冷靜想想就知道，自己只要在心理戰都敵不過有希。在那個場面應該率直依賴政近才對。這麼一來應該也不會完全中了有希的計。

但是當時急於求勝，過於相信自己的能力……以淺見薄識挑戰之後淒慘敗北。明明光是這樣就十分愚蠢……更無藥可救的是她急於求勝的理由只是私情。

「爛透了……」

輕聲說出的自嘲有點哽咽。大家肯定很傻眼吧，或許感到憤慨。艾莉莎想以自身力量贏得出馬戰的理由，居然只是……想要邀請朋友參加慶生會。

十一月七日。下下週就會來臨的艾莉莎生日。

笨死了。這種事明明無關出馬戰，直接說出來就好。就是因為囚禁於這種雜念，才會苦吞這種淒慘的敗北。

一點都沒錯。只能說中肯至極。可是……即使如此…………！

【好想在今天獲勝……邀請大家……！】

好想在這場出馬戰以自己的力量獲得勝利，讓同伴們以及觀眾席的父母看見自己出色的模樣，然後光明正大邀請朋友們參加慶生會。

每年一直只和家人舉辦的慶生會。父母雖然沒說出口，但是肯定很擔心。好想抬頭挺胸向父母介紹自己在高中結交的朋友們。

我已經不是孤單一人了，我結交了這麼多優秀的朋友，父母肯定會開心地露出笑容。

【好想和大家，一起舉辦，慶生會……！】

若能讓面帶笑容的父母以及面帶笑容的朋友們為我慶生，不知道會是多麼美妙的一天。肯定是無法想像的幸福、快樂與喜悅…………可是，現在已經…………

（我……）

是淒慘又丟臉，背叛大家期待的敗犬。憑什麼開口要求大家為我慶生？

「嗚，咕……」

終究是私情。所以這個結果以及原因，都要由自己一個人承擔。不是任何人的錯。

這一切都是在出馬戰帶入私情，像是笨蛋般夢想著幸福的未來，開心過度而輸掉比賽的自己不對。

啊啊，生日乾脆不要來該有多好。事到如今，只有家人參加的慶生會肯定很虛假，反而只會招來淒慘的感覺。與其留下這種回憶，不如——

「喲，辛苦了。」

此時傳來的這個聲音，使得艾莉莎嚇得背部一顫。

為什麼在這裡？艾莉莎明明是和他道別之後才來到這裡，他肯定認為艾莉莎正和瑪利亞在一起才對。

無視於艾莉莎的這個疑問，剛才說話的他粗魯拉開椅子坐在一如往常的位置，然後以一如往常的調調，朝著依然趴在桌上的艾莉莎開口：

「哎呀～～這次敗給他們了。竟把騎手拋過來……那招應該練習了很多次吧。」

他看起來不在意艾莉莎的狀況，以輕鬆的心態回顧剛才的比賽。

「哎，不過明年以後應該會修正規則吧。如果允許座騎分開，極端來說也可以只由一個人揹騎手，然後讓另外兩人恣意發威……不過在這次的狀況也因為規則有缺陷，所以沒人注意到就是了……總之啊～～做出那麼搶眼的舉動當然會吸引注意力吧～～」

一如往常到討人厭的這種態度……只在這時候惹得艾莉莎非常不高興。

「……欸。」

「嗯？」

「算我求你，可以別管我嗎？」

壓抑不住的怒氣使得聲音顫抖，艾莉莎說出拒絕的話語。然而……

「咦，我不要。」

她的要求被這句乾脆的話語駁回了。即使怒氣被火上加油，艾莉莎依然就這麼低著頭，以強行壓抑情感的聲音開口：

「如你所見，我現在很消沉……所以別管我。」

「居然說消沉，這樣一點都不像妳。沙也加之前也說過吧？只是消沉的話誰都做得到。輸了就輸了，下午再表現出超越有希的活躍——」

「唔！可是！」

艾莉莎終於按捺不住，一拳打在桌上並且稍微抬高頭，就這麼看著下方像是吐血般大喊：

「我害得比賽輸掉了啊！明明大家拚命盡到自己的職責……！卻因為我判斷錯誤，將這一切，全部搞砸……！」

艾莉莎就這麼瞪著桌面拚命忍著淚水時，一旁傳來冰冷的話語：

「少自以為是了，艾莉。」

不像他個性的這個說法，使得艾莉莎不禁轉頭看向他。然後看見政近像是射穿一切的視線，忍不住倒抽一口氣。政近筆直注視著睜大雙眼的艾莉莎，平淡開口：

「我啊……我們啊，不是因為覺得妳會贏才幫妳。是為了讓妳贏而幫妳。」

這句話重重插在艾莉莎的胸口。

「那場敗北是妳的敗北，也是我們的敗北。大家都知道這一點，所以沒人責備妳。不過，妳不准擅自把敗北攬在自己身上。這只是一種傲慢，是對我們的侮辱。」

冷靜無比，緩緩道出的這段話，打動艾莉莎內心到生痛的程度。回過神來，拚命忍住的淚水已經一顆顆沿著臉頰滑落。

在朦朧視野的另一側，政近站起來了。然後他的手繞到艾莉莎的頭部後方，遮住艾莉莎的視野。

「妳很不甘心吧……我懂的。」

「……嗯。」

「我也是……大家都一樣。」

「嗯……！」

淚水逐漸滲進政近的體育服。感覺內心的痛苦也隨著淚水逐漸流出，艾莉莎在政近的懷裡哭泣。

（啊啊……沒錯……說得也是。）

不發出聲音靜靜流淚的艾莉莎察覺了。

背叛同伴的期待確實很痛苦，但是這份痛苦可以和同伴一起分擔。

因為是同伴，所以原因與結果都可以和同伴分擔。

將私情帶進出馬戰，是艾莉莎一個人的罪，所以懲罰也要一個人承受，這樣就好。

「……我沒事了。」

如此告知之後，政近默默離開艾莉莎。看見他的體育服留下淚痕，艾莉莎突然覺得不好意思。

「啊，那個……」

艾莉莎低著頭，想再度找東西擦眼睛的時候，包著手帕的寶特瓶遞到她面前。

「拿去，這是遊樂園那時候的回禮。放心吧，這是乾淨的手帕。」

從冷淡告知的話語察覺他的意圖，艾莉莎輕聲一笑接過寶特瓶，按在自己的眼角。

剛買的冰涼寶特瓶逐漸吸收眼角的熱度。在她這麼做的時候，感覺到政近再度坐在椅子上。

「話說回來，換個話題……」

「？」

總覺得政近的聲音聽起來有點不滿，艾莉莎稍微提高警覺，就這麼遮著眼角冒出問號。政近以不經意的語氣向她發問：

「慶生會的邀請，妳要到什麼時候才會給？」

「……咦？」

「咦什麼咦，在俄羅斯，慶生會是由壽星舉辦的，之前是妳自己這麼說的吧？毅與光瑠基本上很閒所以沒差，但是沙也加、乃乃亞與有希，我覺得早點邀請會比較好哦？」

真的像是不以為意般告知的這段話，使得艾莉莎稍微揚起視線，和政近對上眼就立刻低頭。

「可是，我——」

「話說在前面，在俄羅斯要是沒邀請參加慶生會，就是暗示『今年再也不跟你好了』的意思……是這樣嗎？我已經把這件事當成小常識告訴有希與毅他們，所以如果不邀請他們，友情恐怕會產生裂痕哦？」

這是艾莉莎在數個月前情急之下對政近說過的話語。是艾莉莎自己直到此時此刻都遺忘在記憶盡頭的話語。

（那種話，你還記得——）

回神的時候，艾莉莎已經笑了。連她自己都不知道是因為喜悅還是有趣。但是原本填滿內心的悲傷與自我厭惡，不知道在什麼時候消失無蹤。

啊啊，這真是太神奇了。這個魔法師若無其事就消除了艾莉莎想要獨自背負的痛苦與懲罰。艾莉莎自以為是的決心根本不堪一擊。

「……所以？妳有要邀請嗎？不然也可以由我跟大家說？」

「……不，我要自己邀請。」

「這樣啊。」

政近簡短回答之後，發出起身的聲音，然後面對依然低著頭的艾莉莎，以粗魯語氣開口：

「那麼，記得回去簡單吃個飯哦？畢竟下午也還得努力才行……何況是妳叫我去和爺爺奶奶吃飯的啊？妳自己也要好好和家人吃飯喔。」

政近只留下這段話就準備離開。察覺到這股氣息的艾莉莎連忙放下寶特瓶，從後方抱住即將走出教室的政近，將臉埋在他的肩頭發問。

「我的慶生會……你願意來嗎？」

「……嗯。」

「願意慶祝我的生日嗎？」
「當然吧？」
真的真的像是理所當然般回應的話語，使得艾莉莎內心充滿喜悅。眼角再度逐漸發熱，艾莉莎用力閉上眼睛。
「……謝謝。」
好不容易只說出這句話之後，艾莉莎放開政近，低頭咬著嘴唇拚命忍住淚水。
「嗯。」
政近頭也不回，只簡短這麼說完隔著肩膀揮手，就這麼離開教室。對於他始終一如往常……卻充滿體貼到有點討人厭的這種態度，艾莉莎稍微破涕而笑。
「你真的是……」
明明一副難以捉摸若無其事的表情，卻總是技高一籌。
真的很氣人，很討厭……卻像是變魔法般溶化艾莉莎的悲傷與痛苦。這樣的政近，真的很……可靠？
（咦……？）
心臟撲通撲通用力跳動。不只是眼角，麻痺般的熱度包覆全身。很可靠。一點都沒錯。政近是比任何人都可靠，值得尊敬的人……不過，真的也有令人火大的部分。對於這樣的政近……

（我……）

心臟好痛。身體好燙。瑪利亞與麻惠的話語在腦中復甦。

『雖然會害羞到想要放聲大喊，卻不會抗拒。感覺心情變得幸福，然後——』

『憧憬、尊敬，或是友情。當然也包括妳剛才說的，身而為人的好感。而且對於某些人來說是執著或憎恨。像這樣的各種情感全～部包括在內，就是所謂的戀愛……』

層層累積的情感，他人給予的教誨，開花結果成為一個答案——

（不對。）

浮上心頭的這個答案，大腦連忙否定。但是這個聲音立刻被內心否定。

否定，否定，否定，否定，不是這樣，但是，並不是這樣，這是誤會，是謊言，但是，啊啊這就是……

любовь....

因為後記寫不滿而追加的SS

這是少女還只是兒時玩伴時的故事

「有希大人，方便打擾一下嗎？」

『什麼事？』

「請問綾乃有來這裡嗎？」

『是的，她在喔。』

「這樣啊。恕在下打擾一下。」

如此知會之後，服侍周防家的僕從——君嶋夏打開門。然後她看見坐在有希所在的床鋪另一側的女性，端正鞠躬行禮。

「恕在下失禮了。原來優美大人也在啊。」

「嗯……是舞蹈課的時間嗎？」

「是的，老師差不多快到了……」

夏這麼說完之後，剛才和優美與有希一起玩撲克牌的綾乃，從床邊的椅子下來。

「那麼小希，晚點見喔。」

「嗯，練舞加油喔，小乃。」

和床上的有希輕輕相互揮手之後，綾乃朝著優美低頭致意。

「那麼優美大人，我先告辭了。」

「好的……加油喔。」

「那個，不敢當？要說不敢當嗎？」

綾乃以生硬話語道別之後踩著腳步走過來，夏笑容滿面。

這個孫女最近大概是在模仿夏他們夫妻，向優美、恭太郎或是嚴清表現出有樣學樣的禮貌舉止，看在夏的眼裡可愛得無以復加。但是另一方面……

「奶奶大人，抱歉讓您久等了。」

大概同樣是在模仿政近與有希，綾乃甚至也向夏他們夫妻使用敬語……夏對此也覺得有點寂寞。

（聽說這年紀的孩子容易受到周圍的影響，所以在所難免嗎……？）

雖然說過「和之前一樣叫我奶奶就好啊？」好幾次，不過個性乖巧又內向的這個孫女似乎有著意外頑固的一面，所以夏最近也不再多說什麼。

（就算這樣，這個年紀就會好好使用敬語真了不起！將來會成為了不起的僕從喔！哎呀，最近的孩子不願意當僕從嗎？）

夏在內心發揮溺愛孫女的一面，不經意埋下這個伏筆，卻不知道這個伏筆被回收的那一天就在不久之後。

◇

「好，姿勢要端正！那麼從頭再來一次！」

周防家的大廳響起舞蹈老師充滿活力的指示。政近與綾乃依照指示牽起手。

這門舞蹈課原本是為周防家的繼承人政近準備的。不過綾乃也以舞伴身分和政近一起接受指導。

看著配合呼吸一起跳舞的兩人，夏感嘆地吐了一口氣。要不是會妨礙上課，她好想盡情送上掌聲。

（哇……真是優秀。「神童」這個詞就是為了政近大人這樣的孩子存在的吧……）

明明開始學習至今還沒有很久，政近跳的華爾滋卻已經令人感覺遊刃有餘。在業界以嚴厲指導聞名的舞蹈老師，也看著政近心滿意足地點頭。

「政近同學，你跳得很好！不過在轉身的時候下半身會先動，這部分再稍微注意一下吧！」

聽到這句指導，政近立刻應對。政近展現的驚人學習力非常適合被形容為天才……但是陪他練習的舞伴非常辛苦。

「綾乃同學不要看下面！姿勢會變差！就算失誤，視線也要維持原樣！」

綾乃不小心踩到政近的腳而連忙往下看的瞬間，隨即傳來這句提醒。然而連忙移回視線之後，舞步愈來愈亂，這麼一來又會踩到腳……陷入惡性循環。

「好，到此為止！只休息十分鐘！」

結果直到老師這麼說，綾乃總共踩了政近的腳六次。綾乃對此也完全消沉，在椅子上垂頭喪氣。

「對不起，阿近……我跳得好爛……踩到你的腳好多下。」

「沒關係，我也踩了妳一次……對不起哦？會不會痛？」

「那是因為我跳錯舞步……對不起。」

看見孫女沮喪低頭，夏想要搭話的時候……綾乃輕聲開口：

「如果是小希，肯定可以跳得更好……我真的好沒用……」

綾乃對於一起長大的這對兄妹懷抱的自卑感，在這時候透露出來了。音調聽起來意外沉重的這句呢喃，使得夏啞口無言。不過政近在這個時候詫異般開口：

「綾乃並不是沒用哦？因為綾乃非常溫柔。」

「……溫柔？」

「嗯。因為妳會陪我練習跳舞，也會陪著沒辦法下床的有希玩。我一直覺得很謝謝綾乃哦？」

綾乃抬起頭睜大眼睛，政近向她投以笑容說下去：

「而且，我喜歡和綾乃跳舞哦？默契很好，跳得愈來愈舒服……我覺得好快樂。所以……」

政近在這時候走下椅子，向綾乃伸出手。

「今後也願意當我的舞伴嗎？」

聽到政近伴隨純真笑容送上的這句話，綾乃也在數度眨眼之後露出笑容，走下椅子牽起政近的手。

「嗯！」

「謝謝。」

看著笑盈盈手牽手的兩人，夏以手帕按住眼角。

（政近大人……真是了不起！不以自身的才華為傲，也不忘關懷別人……老爺，周防家的未來高枕無憂……）

夏就像這樣感動至極，另一方面……

（政近大人，這簡直是求婚了！）

明知這麼說的當事人完全沒有這個意思，夏也不禁在內心吐槽。

（政近大人要成為綾乃的伴侶當然沒問題……可是有身分上的差距。啊啊不過這就某方面來說也很棒！優美大人與恭太郎大人應該不會在意，至於老爺與夫人——）

關於孫女的將來，夏明明都這把年紀了，少女般的妄想卻還是不受控制。和奶奶這樣的想法相反……

（阿近果然好厲害！我也必須更加努力才行！）

或許該說這方面果然還是孩子，綾乃也完全沒在意政近像是求婚的這句話，純粹只有尊敬的情感逐漸累積。然而……

其實綾乃身為一名少女，並不是沒有任何情感萌芽。

（剛才被阿近踩到的時候，不知為何有一種奇妙的感覺……）

……可惜內容和奶奶想像的截然不同。

情感累積到最後，少女決定了自己的人生道路。這是一段時間之後的事……

後記

大家好，我是燦燦ＳＵＮ。是繼４・５集之後又陷入後記零頁的狀態，不顧一切在截稿的一週前加寫十六頁而錯愕的燦燦ＳＵＮ。

為什麼不能以更適當的感覺多留一些篇幅呢？只要留三到八頁左右，我就可以更好發揮了。不，這一切都是沒有自行管理篇幅的我不對。

已經沒什麼能寫的了。看書衣摺口的留言就知道了吧？那種無厘頭的留言，連我自己都不知道在寫什麼。理組的人對於那個數字的奧妙或許會「喔」地感覺有趣，不過文組的人八成會整個人愣住喔。即使不是文組也會整個人愣住吧。

而且，明明取這種筆名還自己玩弄到那種程度，但我其實也沒有特別喜歡3這個數字。我喜歡的數字是24。再來是12。

24很棒對吧，有一種無法言喻的帥氣感。首先聽起來很棒，看起來也很棒。在一位數的數字之中，除了5、7、9以外的所有數字都能將其整除也很美麗。12也很棒。十二使徒、十二神將、十二生肖、冠位十二階、十二指腸……最後一個就算了。在各種地方登場的這個數字，我覺得果然具有獨特的美。13也很棒。有一種廚二病的帥勁。基於同樣的理由，14也難以捨棄。對於15就完全感覺不到任何浪漫。就只是和草莓的日文發音相同罷了。

對了對了，說到廚二病的魅力，果然不能忘記0這個數字。是否要把0視為數字還挺微妙的，不過包括這一點也很帥。不知道這個魅力的人沒資格自稱廚二病。既然是廚二病，就從一開始重新來過吧。不過從1開始重新來過也到不了0喔！哈哈哈！

……嗯，剛才說理組的人看見書衣摺口的留言如何如何，現在的話題卻連理組的人都跟不上了。咦？什麼什麼？我可以多說一些？

真拿你們沒辦法！那就來聊三位數的數字吧，不過身為廚二病果然（以下略）。

那麼，在聊完六位數數字的現在就進入下一個話題吧。總覺得在最後的部分洩漏了手機密碼，不過肯定是我多心了。呃～～那麼接下來要說什麼——慢著，啊，必須說明那件事才行。

是關於上一集的後記。當時我說刊登ＳＳ代替後記幾乎肯定是輕小說史上第一次的嘗試……但是作家朋友對我說了：「咦？除此之外還有別的作品啊？」他這麼說。

……臉丟大了。很少閱讀輕小說的弊害出現在這種地方了。是的。其實我明明是輕小說作家卻沒什麼在看輕小說。在第五集的後記也稍微提到，對我來說，開始嘗試新東西是非常耗費勞力的事……無論是輕小說、漫畫還是動畫，接觸新作品是非常麻煩的事情對吧？集數愈多的知名作品愈容易這樣。因為我是這種個性，所以在出道之前自己購買閱讀過的輕小說作品……大約十部左右？說到其中的戀愛喜劇作品就是……兩部吧？而且這也只到高中為止，進入大學之後就傾心於可以輕鬆閱讀也易於接觸新作品的網路小說，所以更是逐漸遠離輕小說……慢著，這種事一點都不重要。

總覺得做了劃時代的事，但是這種取代後記的ＳＳ其實好像已經有先驅了。不過，把後記夾在兩篇ＳＳ中間應該是輕小說業界首創，所以不算是完全錯誤吧。嗯。

這次我也食髓知味，塞了ＳＳ賺字數。一旦知道這麼做多麼輕鬆，就再也不會想用後記填滿篇幅了。因為即使頁數相同，字數也不同。如果是ＳＳ，即使短短一句話也可以消耗一行，不是對話的部分也可以連連換行。只不過上次得意忘形寫到最後，不知為何頁數不夠而落得必須減少換行並刪減文章。寫開衩大姊大的ＳＳ寫得太快樂了……

對了對了，這位開衩大姊大，雖然在原作沒有露臉（目前也沒有露臉的預定），但其實在漫畫版已經露臉。剛好在我寫第六集原稿的時候，漫畫版畫到原作第一集的往事部分（國中部校慶的章節）。收到的分鏡稿有手工藝社的社員登場，我覺得「這樣剛剛好」，連同第六集的原稿一起向負責漫畫版的手名町紗帆老師提案：「要不要把她當成開衩大姊大？」手名町紗帆老師也興致勃勃地贊成，就成為這樣的安排了。

有趣的是，其實開衩大姊大登場的這個章節在「MagaPoke」更新的那時候，原作的第六集還沒發售。換句話說和原作相比，開衩大姊大是先在漫畫版登場……愈是每期準時追漫畫版連載的讀者，愈容易忽略其存在的這個陷阱就誕生了。只不過，收錄這個章節的漫畫版第二集是在原作第六集之後發售，開衩大姊大的這件事也有在漫畫版第二集手名町紗帆老師的後記提到……反正每期追漫畫連載的讀者也會購買單行本，所以肯定會在單行本察覺這件事。對吧！

咳咳，換句話說若問我想表達什麼，各位！漫畫版的單行本也要買喔！就是這樣。只要買了就看得到我寫得密密麻麻像是白痴一樣的後記。被要求「請寫一頁原作者的後記」卻回應「原來如此，只要一頁塞得下就好吧？」的原作者就是我。而且排版工作還完全扔給別人……我，我覺得不應該指定頁數而是指定字數上限，沒這麼做的對方也有疏失。沒禁止這麼做的意思就是可以做喔。「以常識思考就知道吧」這種話在事後才說也沒有意義。因為世間有很多像是我這樣無法以常識思考的人。

要是這麼說，肯定有人認為我明明自覺沒常識卻這麼囂張吧。其實相反。正因為自覺沒常識，才會表現出囂張的模樣。人類這種生物愈是內疚，愈會無謂表現出囂張的模樣，欺壓周圍以免被點出內疚的一面。如果看見這種人，請心想「啊啊，這是必須虛張聲勢才能活下去的可憐生物吧」以同情的眼神看待。只不過，甚至沒察覺自己沒常識還莫名囂張的沒常識傢伙在世間也存在少數，所以看見這種人的時候，請心想「啊啊，這是在不受上天眷顧的環境誕生的悲哀怪獸吧」同樣以同情的眼神看待。以同情的眼神看待之後以德式背摔搞定吧。不可以真的以德式背摔搞定，要摔的話請僅止於腦中想像。嗯？那是什麼眼神？啊，對了對了，只要買漫畫版的單行本，也可以順便看我全新撰寫的ＳＳ喔。所以購買單行本吧。好，受託進行的宣傳環節結束！

那麼，漫畫版宣傳完畢之後，再來是……動畫化的話題嗎？

……不，沒什麼特別要說的。畢竟也不知道可以說到什麼程度。啊啊，企劃本身確實進行中哦？這次出版的間隔時間增加為五個月，也是因為除了漫畫化的工作還加上動畫化的工作。這是兼職作家的極限。話是這麼說，結果還是在即將截稿的時候非常慌張地完成原稿，簡直像是放暑假的國高中生，所以如果逼自己努力一點，要維持四個月一集的速度感覺並不是做不到也不能一概而論這麼認為又無法否定。到底是怎樣？我自己也搞不太懂。

話說，既然不能聊動畫的話題……要不要乾脆迎合文組的人來暢談一下創作論？但我不會這麼做。總覺得暢談創作論會討人厭，就像是自我感覺良好。雖然看別人這麼做的時候不會覺得怎樣，不過如果自己真的這麼做，腦中的小惡魔就會說「喂喂喂，只出版過一部作品就高談闊論耶」然後噗噗笑。說起來，使用「同時撰寫第一話、第三話、第六話與第八話」這種變態撰寫方式的傢伙，又有誰會參考他的說法？是的，其實我在撰寫《遮羞艾莉》的時候沒有從序章照順序寫。大多是同時撰寫複數章節。比較過分的時候幾乎是同時撰寫所有章節。

總之就像這樣，如同小說的寫法因人而異，創作論也真的是因人而異，所以不要逐一當真比較好。我覺得只要聽進去一半，不，大約三分之一就好。我自己聽到職業作家述說的創作論也經常冒出「是嗎？」的想法，覺得「一點都沒錯」的次數反而比較少。所以與其刻意學習我這種人的小說撰寫方式，深入閱讀自己喜歡的作品或是自己覺得好的作品，實踐「在旁觀時偷學」或者應該說「在閱讀時偷學」的做法比較好。不過雖說要偷學，卻也不能抄襲就是了。

如果還是想參考別人的意見，我覺得可以參加作家同行的聚會，而且盡量是各種不同類型作家的聚會，在聚會裡徵詢意見。場中當然會出現五花八門各有特色的意見，不過關於真正應該改進的部分，肯定可以從複數對象獲得相同意見。只要改進這些部分，我覺得遲早寫得出正常水準以上的作品。不過這以廣義來說也是創作論，所以不必當真接受也沒關係。聽進去三分之一就好。寫這種亂七八糟文章的傢伙說的話，只要聽進去三分之一的三分之一就十分足夠了。明明是九分之一卻說十分也太矛盾了。啊啊理組的人又（以下略）。

那麼那麼雖然總覺得老是在聊數字的話題，不過篇幅寫得差不多了所以進入謝辭部分。

對於這次也因為我進度緩慢而造成莫大困擾的編輯宮川大人，每次都趕在截稿死線……應該說稍微越線，真的非常抱歉。我在反省了。有在反省。或許只是有在反省。不只是願意原諒我的寬容肚量，宮川大人從公平視角提出的意見也幫了很大的忙。真的總是很謝謝您。

再來是這次也繪製許多美妙插圖的もこ老師。明明應該非常忙碌，卻每次都沒有減少張數提供神級品質的插圖，我內心非常感恩。尤其這次加上新角色的設計，還有許多插圖是複數角色入鏡……真的很謝謝您。

然後是在漫畫版繼艾莉與瑪夏之後，也把妹妹模式的有希畫得迷人又可愛的手名町老師，謝謝您每次都畫出美妙的漫畫版。您在推特委託的漫畫版宣傳工作我確實完成了，但我自認十之八九是在說笑就是了。呼哈哈，看來您找錯人了。哎，若問那樣是否算是宣傳，眾人的意見應該會分歧吧！

還有還有在最後，以因為漫畫化相關業務所需而新擔任責編的鈴木大人為首，參與《遮羞艾莉》製作的所有恩人，以及拿起《遮羞艾莉》的所有讀者，容我致上無法以數字表現的謝意。謝謝大家！在下一集再見……之前，先在漫畫版第三集的原作者後記再見吧。就這麼做吧！

#遮羞艾莉
請各位多多支持
與指教

國家圖書館出版品預行編目資料

不時輕聲地以俄語遮羞的鄰座艾莉同學/燦燦SUN
作 ; 哈泥蛙譯. -- 初版. -- 臺北市 : 臺灣角川股份有
限公司, 2024.04-
冊 ; 公分. -- (Kadokawa fantastic novels)

譯自 : 時々ボソッとロシア語でデレる隣のアー
リャさん
ISBN 978-626-378-765-0(第7冊 : 平裝)

861.57 113001898

Kadokawa
Fantastic
Novels

不時輕聲地以俄語遮羞的鄰座艾莉同學 7

（原著名：時々ボソッとロシア語でデレる隣のアーリャさん 7）

2024年4月8日 初版第1刷發行
2024年8月27日 初版第3刷發行

作者：燦燦SUN
插畫：ももこ
譯者：哈泥蛙

發行人：台灣角川股份有限公司
總監：呂慧君
總編輯：蔡佩芬
主編：林秀儒
編輯：黎夢萍
設計指導：陳晞叡
美術設計：吳佳昫
印務：李明修（主任）、張加恩（主任）、張凱棋、潘尚琪

發行所：台灣角川股份有限公司
地址：104台北市中山區松江路223號3樓
電話：（02）2515-3000
傳真：（02）2515-0033
網址：www.kadokawa.com.tw
劃撥帳戶：台灣角川股份有限公司
劃撥帳號：19487412
法律顧問：有澤法律事務所
製版：尚騰印刷事業有限公司
ISBN：978-626-378-765-0

TOKIDOKI BOSOTTO ROSHIAGO DE DERERU TONARI NO ARYA SAN Vol.7

First published in Japan in 2023 by KADOKAWA CORPORATION, Tokyo.
Complex Chinese translation rights arranged with KADOKAWA CORPORATION, Tokyo.